PAPIER
FRESSERCHEN
MIM-VERLAG
DIE BÜCHER MIT DEM DRACHEN

AF582693

Impressum:

Mühlstr. 10, 88085 Langenargen, Deutschland

www.papierfresserchen.de
info@papierfresserchen.de

Lektorat: Hedda Esselborn
Titelbild: Tina Markruksa
Innenillustrationen: Laylor

1. Auflage 2014
ISBN: 978-3-86196-376-9 - Taschenbuch

***

Der Autor:
Fatum Lev wurde 1981 in Hamburg geboren. Zu seinen liebsten Hobbys gehört es, Filme und Serien zu schauen sowie Bücher zu lesen.

Die Freunde des Schicksals

Das Ende & der Anfang

Fatum Lev

Ich möchte mich bei Kowu, Benjamin, Ryuchan und Anton bedanken, die mir bei der Entstehung der Geschichte wichtige Tipps gegeben haben.

Kapitel 1

„Gibt es Gerechtigkeit im Leben?“ Diese Frage stellte sich Lena in den letzten Tagen häufig. Seit einer Weile marschierte sie mit traurigem Blick durch einen Wald. Das dreizehnjährige Mädchen musste an ihren verstorbenen Freund denken und sie verspürte das Gefühl, gleich weinen zu müssen. Das Zwitschern der Vögel hörte sie nicht wirklich. Den kalten Oktoberwind an ihrem Gesicht ignorierte sie auch. Sie trug keine Jacke, es war ihr egal, ob sie sich eine Erkältung holte. Das rothaarige Mädchen schrie verzweifelt Richtung Himmel: „Ventus ... Warum musste es dich treffen? Warum ist das Leben so grausam? Ich hasse das Leben!“

Seitdem sie wach war, dachte Lena nur an diesen Schicksalsschlag. Es war vor zwei Tagen geschehen. Lena hatte ihr Pferd Ventus, ihren einzigen Freund, auf der Koppel ihres Gnadenhofes im Sterben liegend gefunden. Sofort war sie ins Haus gerannt und mit einem Koffer Verbandszeug zurückgekehrt. Sie hatte sich zu ihm gekniet. Seine Verletzungen waren sehr schlimm gewesen. Diesen Anblick würde sie niemals vergessen können. Das Mädchen hatte versucht, seine Verletzungen zu behandeln und hatte ihm ins Ohr geflüstert, dass alles gut werden würde. Aber in ihrem Inneren war ihr bewusst gewesen, dass es keine Hoffnung gab. Dann hatte sie seinen Kopf auf ihre Beine gelegt und ihn liebevoll gestreichelt. Durch sein Schnauben hatte sie gespürt, dass er über ihre Anwesenheit froh war.

Nach einer Weile war der unvermeidbare Moment gekommen. Ventus hatte Lena noch einmal mit einem herzlichen Blick angeschaut, bevor er für immer die Augen schloss. Danach hatte sie sich auf seinen Körper gelegt. Es war ihr egal gewesen, dass ihre Kleidung beschmutzt wurde. Sie wollte sich von ihm verabschieden. Dann hatte sie angefangen, heftig zu weinen.

Nun setzte sich das Mädchen und lehnte sich mit dem Rücken und dem Kopf gegen einen Baumstamm. Sie atmete langsam. Ihre Gedanken beschäftigten sich nun mit dem Tod ihrer Eltern. Vor vier Jahren war ihre Tante Sarah zu ihr nach Hause gefahren und hatte ihr berichtet, dass ihre Mutter und ihr Vater bei einem Verkehrsunfall gestorben waren. Ein Geisterfahrer war dafür verantwortlich gewesen. Diese schlimme Nachricht hatte sie in einen Zustand von Traurigkeit und Fassungslosigkeit versetzt. In ihr war eine große Leere entstanden. Sie hatte kaum etwas essen und trinken wollen, die meiste Zeit des Tages hatte sie sich in ihrem Zimmer befunden und auf ihrem Bett sehr viel geweint. Sie hatte gehofft, dass alles ein Albtraum wäre. Es dauerte sehr lange, bis sie die Wahrheit akzeptiert hatte.

Wenn sie nur an ihre Tante dachte, verspürte sie einen Zorn auf sie. Seit dem Tod ihrer Eltern musste sie leider bei ihr wohnen. Bei ihr zu leben, war für sie überhaupt nicht schön. Ihre Tante Sarah hatte wegen ihres Berufs als Tierärztin kaum Zeit für sie und konnte ihr wegen ihrer Probleme in der Schule nicht wirklich helfen.

Nun musste sie an Ventus' Mörder denken. Helen, die Besitzerin des Gnadenhofes, hatte ihr berichtet, dass sie zwei Jugendliche mit Messern in den Händen hatte wegrennen sehen. Das Mädchen würde ihnen niemals vergeben. Sie hasste solche Menschen. Ihr Handeln war in Lenas Augen unverzeihlich. Das Wichtigste in ihrem Leben war ihr genommen worden.

Lena schloss die Augen und erinnerte sich an die Augenblicke auf dem Gnadenhof. Jeden Tag war sie dort gewesen, um die Tiere mit Fressen und Trinken zu versorgen. Auch bei schlechtem Wetter war sie trotzdem mit dem Fahrrad dorthin gefahren. So hatte das Mädchen ihre Sorgen und Probleme für eine Weile vergessen können. Zufällig hatte sie erfahren, dass ein Bauer Ventus zum Metzger bringen wollte. Für seine Rettung hatte sie ihr ganzes Erspartes geopfert. Ihr war klar gewesen, dass dieses Geld für mögliche schwere Zeiten gedacht war. Aber sie hatte es nicht ertragen können, dass viele Pferde so ein trauriges Ende erleiden mussten. Deshalb wollte sie so viele von ihnen retten, wie es ihre finanziellen Möglichkeiten erlaubten.

Bei ihrer ersten Begegnung hatten beide gespürt, dass sie sich sehr mochten. Seine ruhige und sanfte Art hatte sie als sehr angenehm empfunden. Lena war sehr geschockt gewesen über seinen schlechten Gesundheitszustand und hatte ihn unbedingt wieder gesund machen wollen. Deshalb hatte Lena sogar die Schule geschwänzt, die sie wegen ihrer Mitschüler sowieso hasste. Der Ärger mit ihrer Tante und den Lehrern war ihr egal gewesen. Während seiner Pflege waren sie Freunde geworden, manchmal hatte sie sogar in seinem Stall geschlafen. Ihre Gegenwart hatte schließlich dafür gesorgt, dass er schneller wieder auf die Beine kam.

Wenn Lena den Gnadenhof erreicht hatte, hatte sie schnell gespürt, dass ihre schlechte Stimmung wegen der Schule langsam immer weniger wurde. Sie hatte ihr Fahrrad abgestellt und war sofort zu Ventus' Koppel gerannt. Ihr Freund hatte jedes Mal vor Freude gewiehert, wenn er sie gesehen hatte. Das Mädchen war über den Zaun geklettert und hatte ihn intensiv umarmt. Eines Tages hatte sie ihm zugeflüstert: „Ich bin so froh, dass du für mich da bist. Du hilfst mir, meine schlechte Laune wegen Sarah und der Schule zu vergessen. Durch dich ist meine Trauer um meine Eltern verschwunden und ich kann mich wieder richtig glücklich fühlen. Dafür danke ich dir. Du bist mein bester und einziger Freund. Ich wünsche mir, dass wir für immer zusammenbleiben können."

Sie hatte ihn auf seine Stirn geküsst. In diesem Augenblick hatte Ventus ihre Haare liebevoll mit seinen Nüstern angeschnaubt. Sie hatte darüber jedes Mal lachen müssen, weil es immer so lustig war. Dann hatte ihr Freund sanft mit seinem Kopf ihr Gesicht berührt. Lena hatte sich darüber sehr gefreut und ihn gefragt: „Bei dem schönen Wetter habe ich Lust, wieder den See zu besuchen. Ist es in Ordnung, wenn ich auf dir reite?"

Gleichzeitig hatte sie bestimmte Handbewegungen gemacht. So hatte sie ihm mitgeteilt, was sie von ihm wollte. Ventus hatte das begriffen und genickt. Er war damit einverstanden. Lena hatte ihn immer gefragt, denn sie hatte das nicht als selbstverständlich gesehen. Das Mädchen betrachtete sich und Tiere auf gleicher Augenhöhe.

Die schönen Erinnerungen machten ihr bewusst, dass sie all das nie wieder erleben würde. Plötzlich hatte sie einen Kloß im Hals und musste weinen. Sie schrie verzweifelt: „Ich vermisse dich so sehr! Ich brauche dich!" Viele Tränen liefen über ihre Wangen. Es dauerte lange, bis sie nicht mehr weinte. Dann wischte sie sich das Gesicht mit einem Arm trocken. Unerwartet nahm sie einen sehr schnellen Luftzug war. Lena schaute sich neugierig um und erschrak. Mit offenem Mund erkannte sie, dass ein blaues Einhorn mit Flügeln vor ihr stand. Sie stand auf. Lena war sich bewusst, um was für ein Tier es sich handelte.

Nachdem ihr Schock nachgelassen hatte, betrachtete sie das Zauberwesen genauer. Es hatte ein silbernes Horn und seine Mähne und sein Schweif waren schwarz. Weiter bemerkte das Mädchen an beiden Flanken jeweils einen dunklen Löwenpfotenabdruck. Sie wollte mit ihrer Hand das blaue Fell berühren, um sicherzugehen, dass sie nicht träumte.

Lena näherte sich dem Einhorn vorsichtig. Es schien zu erkennen, was das Mädchen vorhatte, daher blieb es stehen und schaute sie freundlich an. Bei dem Zauberwesen angekommen legte Lena ihre Hand ganz langsam auf das schöne Tier und streichelte sein blaues Fell behutsam. Es fühlte sich angenehm weich und warm an. So erkannte Lena, dass sie nicht träumte. Sie war erstaunt, dass es das Einhorn nicht störte.

Plötzlich erinnerte sich Lena an ein bedeutsames Gespräch. Vor ein paar Monaten hatte Helen ihr berichtet: „Ich meine es wirklich ernst. Gestern ist ein blaues Einhorn mit Flügeln hier aufgetaucht. Es hat alle Tiere mit seinem Horn von ihren seelischen und körperlichen Verletzungen geheilt."

„Einhörner kann es doch nicht geben! Das kaufe ich dir nicht ab", hatte Lena kommentiert. Das Ganze war noch vor der Rettung von Ventus geschehen.

„Es gibt doch Einhörner. Das hätte ich nicht für möglich gehalten. Helen hat die Wahrheit gesagt", murmelte sie zu sich selbst. In diesem Moment wünschte sie sich sehr, das Einhorn wäre vor zwei Tagen da gewesen. Vielleicht hätte es ihren Freund retten können.

Das Einhorn sprach mit ruhiger Stimme zu ihr: „Hallo. Ich bin Mystic Blue."

„Hallo. Ich bin Lena Walker. Hat dein Erscheinen einen Grund? Bist du das Einhorn, das vor einiger Zeit alle Tiere auf dem Gnadenhof geheilt hat?", stotterte das Mädchen und spürte ihr Herz vor Aufregung schneller klopfen. Während Lena auf die Antwort wartete, merkte sie, dass ihre Trauer nachließ. Das verblüffte sie. Sie bewegte nervös ihre Finger und grübelte über Mystic Blues Erscheinen. In ihrem Körper herrschte nun eine große Spannung. Sie wollte unbedingt erfahren, wieso das Einhorn ausgerechnet sie besuchen wollte.

Das Einhorn äußerte in einem entspannten Ton: „Ja, ich bin das Einhorn, das diesen Gnadenhof besucht hat. Der Grund für meinen Besuch ist, dass ich dir mein Beileid für den Tod deines Freundes aussprechen möchte." Das Mädchen freute sich, als es das hörte. Dann seufzte es: „Ich danke dir für dein Beileid. Woher weißt du, dass Ventus gestorben ist?" Mystic Blue lächelte sie an und erklärte ihr: „Durch Magie weiß ich das. Ich möchte dir helfen, damit deine Trauer weniger wird. Das ist ein weiterer Grund, warum ich zu dir geflogen bin. Ich möchte dich in die Einhornwelt Candelia bringen. Dort wird dafür gesorgt werden, dass du nicht mehr traurig bist. Deshalb wollte ich von dir wissen, ob du damit einverstanden bist?"

Lena musste eine Weile darüber grübeln. Sie fand es toll, dass das Einhorn ihr helfen wollte, ihre Trauer zu überwinden. Dieses schlimme Gefühl wollte sie unbedingt loswerden. Dann meinte sie: „Warum tust du das für mich? Das überrascht mich wirklich. Ich bin doch nichts Besonderes."

„In meinen Augen bist du was Besonderes. Du behandelst Tiere sehr respektvoll, dir ist ihr Wohl sehr wichtig. Das tun nicht viele Menschen. Deshalb möchte ich dir helfen. Bist du mit meinem Plan einverstanden?" Mystic Blue schaute das Mädchen erwartungsvoll an.

Plötzliche musste Lena weinen. „Deine Worte bedeuten mir sehr viel. Von anderen Menschen bekam ich nie so ein schönes Lob zu hören. Ja, ich bin einverstanden, dass du mich in die Einhornwelt bringst. Ich hoffe, dass du meine Trauer beseitigen kannst."

Mystic Blue näherte sich ihr und berührte vorsichtig mit ihrem leuchtenden Horn Lenas Kopf. Sie flüsterte: „Jetzt sollte es dir besser gehen." Lena fühlte am ganzen Körper eine angenehme Wärme und ein Glücksgefühl.

Das Mädchen umarmte das Einhorn. „Ich danke dir für das, was du für mich tust."

Das Einhorn senkte seine Vorderbeine, sodass das Mädchen ohne Probleme aufsteigen konnte. Mystic Blue erklärte ihr: „Der Flug wird nicht lange dauern, deshalb sei nicht überrascht, wenn wir gleich dort sind."

Mit Respekt und Vorsicht setzte Lena sich auf seinen Rücken. Das Mädchen lächelte und streichelte sanft das weiche blaue Fell. Mystic Blue störte das nicht. Dann schoss das Einhorn mit einer unglaublichen Geschwindigkeit in die Luft.

Es war ein tolles Gefühl für Lena, so zu fliegen. Zuerst dachte sie, dass sie wegen der kalten Luft frieren müsste. Aber dann bemerkte sie eine zauberhafte Wärme, die von Mystic Blues Körper ausging. So war sie vor der kalten Luft gut geschützt.

Tatsächlich dauerte der Flug nur ein paar Minuten und sie erreichten bald ein Gebiet in den Bergen. Dort entdeckte Lena ein großes Tal, über dem sich ein großer durchsichtiger Schutzschild befand, durch den das Einhorn problemlos hindurchfliegen konnte.

Neugierig und erfreut betrachtete Lena Candelia und war sprachlos. Es war wunderschön. Sie sah Wälder, Wiesen, Bäche, Flüsse und Pflanzenarten, die sie vorher noch nie gesehen hatte und die geheimnisvoll wirkten. Die Luft war angenehm warm. Dann beobachtete sie mit großer Freude viele Einhörner, die grasten, Wasser tranken, galoppierten oder sich unterhielten. Der ganze Anblick hatte etwas Magisches, was bei ihr ein Glücksgefühl auslöste. Lena wollte sichergehen, dass sie nicht träumte, und kniff sich ins Gesicht. Als sie erkannte, dass sie wirklich wach war, lächelte sie. Auch nahm sie einen zauberhaften Geruch wahr, der schwer zu beschreiben war. Er roch so toll, dass sie sich sicher war, ihn niemals vergessen zu können. Sie liebte diesen Ort sofort. Er gab ihr das Gefühl von Geborgenheit. Es überraschte sie sehr, dass ein Ort eine solche Wirkung haben konnte. Dieses Gefühl hatte sie zuletzt gekannt, als ihre Eltern noch gelebt hatten. Sie fand es sehr schade, dass sie nicht gemeinsam mit Ventus das Land der Einhörner besuchen konnte.

Dann landete Mystic Blue auf einer Lichtung eines Waldgebietes, wo beide von einem grauen Pferd erwartet wurden. Es wieherte vor Freude, als es die beiden sah. Lena rutschte vorsichtig von Mystic Blues Rücken herunter und guckte sehr ungläubig. Sie sagte zu dem blauen Einhorn: „Das Pferd sieht genauso aus wie Ventus. Das überrascht mich. Ich frage mich, warum es sich über meine Anwesenheit freut."

„Lena, das Pferd, das du gerade siehst, ist Ventus! Er hat sein Leben zurückbekommen", antwortete das Einhorn freudig.

„Wie ist das möglich?" Lena guckte Mystic Blue geschockt an.

„Mit Magie ist das möglich. Ich lasse euch für eine Weile allein. Ich komme später wieder, damit wir uns über eure Zukunft unterhalten können“, antwortete das Einhorn.

Mystic Blue flog davon und schnell rannte Lena zu ihrem besten Freund. In ihrem ganzen Körper herrschte ein großes Glücksgefühl. Das Mädchen spürte, dass sie den Tränen nahe war, aber sie konnte sich zusammenreißen. Sie bemerkte, dass Ventus deutlich jünger aussah, als sie ihn in Erinnerung hatte. Lena dachte: „Es gibt doch Gerechtigkeit im Leben.“

Noch bevor sie ihn erreichte, wurde er in ein gelbes Licht gehüllt. Dann sah sie, dass er sich in ein Einhorn mit Flügeln verwandelte. Er hatte ein silbernes Horn, seine Mähne und sein Schweif waren schwarz und der Rest seines Körpers weiß. Lena brauchte nicht lange, bis sie begriff, was eben passiert war. Sein neues Aussehen gefiel ihr. Sie fand, dass er als Einhorn eine tolle Ausstrahlung hatte.

Als sie endlich bei ihm war, umarmte sie ihn heftig. Lena hätte ihn am liebsten nie wieder losgelassen. Sein Fell fühlte sich angenehm weich an. Sie hatte das Gefühl, als ob die Trauer um seinen Tod nie da gewesen wäre. In diesem Moment fühlte sie sich sehr glücklich.

Kapitel 2

Während Lena Ventus immer noch umarmte, erinnerte er sich an die Momente nach seinem Tod. Jedes Mal, wenn er das tat, hatte er das Gefühl, eine schöne Reise zu machen.

Ventus spürte an seinem Gesicht einen angenehmen Luftstrom und öffnete seine Augen. Er schaute sich neugierig um und stellte fest, dass er auf einem Rasen lag. Nun guckte er irritiert. Der Grund war, dass er sich immer noch gut an Lenas verzweifelten und traurigen Blick erinnern konnte, bevor er gestorben war. Das Pferd hatte das Gefühl, dass das eben erst geschehen war.

Er stand auf und betrachtete die Umgebung genauer. Die Wiese war sehr groß. Darauf befanden sich Pflanzenarten, die er vorher noch nie gesehen hatte. Die Gerüche waren ihm neu und dufteten sehr angenehm. Erst in weiter Ferne konnte er Bäume entdecken. So was hatte er vorher noch nie gesehen. Die Landschaft machte einen sehr friedlichen Eindruck, die Luft hatte einen angenehmen Geruch. Er hätte ihn in Worten schwer beschreiben können, weil er sich ständig veränderte.

Ventus spürte schnell, dass dieser Ort etwas Magisches hatte. Auch empfand er das Gefühl von Geborgenheit. Es lag schon sehr lange zurück, dass er dieses schöne Empfinden erlebt hatte. Nun betrachtete Ventus seinen Körper und war erstaunt. Alle Verletzungen waren verschwunden. Er fand, dass sein Fell nun deutlich schöner aussah im Vergleich zu seinem alten Leben.

Plötzlich nahm er wahr, dass ein schönes Wesen vor ihm gelandet war. Mit großem Staunen blickte das Pferd auf ein weißes Einhorn mit Flügeln, dessen Mähne und Schweif grau waren und das ein silbernes Horn hatte. Ventus guckte es neugierig und respektvoll an. Die Schönheit des Einhorns beeindruckte ihn sehr.

Das Zauberwesen sprach mit einer angenehmen Stimme zu ihm: „Hallo, ich bin Salva. Ich hoffe, dass mein Erscheinen dir keine Angst gemacht hat. Falls doch, war das von mir nicht beabsichtigt. Ich bekam die Aufgabe, dir diesen Ort genauer zu zeigen und dir zu erklären, was mit dir noch geschehen wird."

Das Pferd starrte den Einhornhengst kurz verwirrt an. Dann äußerte es sich nervös: „Ich bin Ventus. Du hast mir keine Angst gemacht, dein Auftauchen hat mich eher verdutzt. Damit habe ich überhaupt nicht gerechnet. Ehrlich gesagt hatte ich mir das Jenseits anders vorgestellt. Bist du ein Einhorn? Wie wird es denn mit mir weitergehen?"

Das Einhorn schaute ihn freundlich an. „Ich bin ein Alicorn, das ist eine besondere Einhornart. Damit sind Einhörner mit Flügeln gemeint. Jetzt muss ich aber erst einmal ein Missverständnis klären: Der Ort, an dem wir uns befinden, ist nicht das Jenseits. Du sollst wissen, dass du wieder lebst!"

Nachdem Ventus den letzten Satz gehört hatte, starrte er Salva eine Weile mit einem verdutzten Gesichtsausdruck an. Viele Gedanken schossen durch seinen Kopf. „Vielleicht sehe ich Lena wieder", dachte er voller Hoffnung. Stotternd sagte er zu Salva: „Ist das wirklich ernst gemeint? Ich bin doch ein Niemand. So was verdient doch nur jemand, der etwas Besonderes getan hat."

„Ja, das habe ich wirklich ernst gemeint. Du bist kein Niemand, denn du hast etwas Besonderes getan. Deshalb hast du dein Leben zurückbekommen. Wir sollten erst mal losgehen, weil sich jemand mit dir unterhalten möchte. Ihr sollt klären, wie es mit dir weitergehen soll. Unterwegs erzähle ich dir etwas über diesen Ort und über meine Lebensgeschichte", erklärte Salva ihm.

Während sie schlenderten, schaute sich Ventus mit großer Neugier genauer um. Das Pferd stellte schnell fest, dass es keine Waldtiere gab. Es konnte keinen Geruch von ihnen wahrnehmen. Darüber war es sehr erstaunt.

Das Wetter fühlte sich sommerlich an. Dabei erinnerte Ventus sich daran, wie er mit Lena zu dieser Jahreszeit zu einem See geritten war. Das hatte er gerne mit seiner einzigen Freundin gemacht.

Er erkannte, dass die ganze Landschaft unberührt war, dass niemand sie verändert hatte. Dann hörte Ventus die Stimme von Salva: „Das Besondere an diesem Ort ist, dass man hier nicht altern kann. Der Grund ist, dass die Zeit im wahrsten Sinne des Wortes stillsteht. Alles, was du siehst, ist das Reich des Löwen Yellow Destiny. Du wirst dich noch mit ihm unterhalten. Du brauchst vor ihm keine Angst zu haben, wenn du ihm begegnest. Als ich ihn zum ersten Mal getroffen habe, habe ich große Furcht vor ihm gehabt. Im Nachhinein betrachtet war das ganz unbegründet gewesen."

Ventus guckte sehr nachdenklich wegen dieser Äußerung. Er musste wieder an Lena denken. Sein Gefühl sagte ihm, dass seine Freundin sicher sehr traurig über seinen Tod war. Dann meinte er zu Salva: „Ehrlich gesagt bin ich unsicher, was ich von dem Treffen halten soll. Kannst du mir konkret sagen, worüber ich mit Yellow Destiny reden werde?"

„Du wirst dich mit ihm über dein Schicksal unterhalten. Du sollst selbst entscheiden, wie es aussehen soll. Deshalb werde ich gleich etwas über mich erzählen. So bekommst du eine Vorstellung, was dich erwarten wird." Salva schaute ihn freundlich an.

„Bevor du das tust, habe ich eine wichtige Frage. Vor meinem Tod war ich mit einem Mädchen namens Lena sehr gut befreundet. Werde ich sie wiedersehen? Das möchte ich unbedingt wissen, weil es für mich sehr wichtig ist", sagte Ventus und guckte das Einhorn fragend an.

„Das musst du Yellow Destiny selbst fragen. Ich vermute, dass du deine Freundin wiedersehen wirst. Bedeutet sie dir viel?"

„Ja, sie bedeutet mir sehr viel. Sie hat mich vor einem Bauern gerettet. Er wollte mich töten lassen. Ich verdanke ihr mein Leben. Nach meiner Rettung ging es mir sehr schlecht und sie pflegte mich liebevoll gesund. Ich bin überzeugt, dass sie über meinen Tod sehr traurig ist, darum möchte ich sie wiedersehen. Sie soll wissen, dass ich am Leben bin", seufzte Ventus.

Nachdem beide eine Weile geschwiegen hatten, nahm Ventus Salvas Stimme wahr. „Dann erzähle ich dir jetzt etwas von meiner Lebensgeschichte. Früher war ich wie du ein Pferd. Du sollst wissen, dass mein Leben als Pferd sehr traurig und schmerzvoll war. Ich wurde von ein paar Menschen arg schlecht behandelt. Von einem Bauern wurde ich übel gepeitscht. Dieser Kerl wollte mich zum Schlachter bringen. Jedoch wurde ich von einer Frau namens Susan gerettet. Sie brachte mich zu ihrem Gnadenhof und kümmerte sich sehr liebevoll um mich, pflegte mich, soweit es ging, gesund und nach sehr langer Zeit verspürte ich das Gefühl von Geborgenheit. Später tauchte das Alicorn Mystic Blue dort auf. Es heilte mich von meinen körperlichen und seelischen Verletzungen. Dasselbe machte es selbstverständlich auch bei den anderen Tieren. Aus Dank wollte ich es begleiten. Ich erfuhr von ihm, dass seine Artgenossen gefangen worden waren und sterben sollten. Bei der Rettung half ich mit. Mein Ansporn war, dass ich etwas tun wollte, worauf ich stolz sein konnte. Bei der Befreiung wurde ich allerdings getötet, als ich mich schützend vor ein Einhorn stellte."

Ventus schaute Salva noch interessierter an, nachdem er seinen letzten Satz gehört hatte. Er hatte eine Vermutung, was ihn bei dem Gespräch mit dem Löwen erwarten würde. In seinem Inneren fühlte er ein Kribbeln.

Salva bemerkte seine Reaktion und grinste ihn kurz an. „Nachdem ich gestorben war, fand ich mich hier wieder und war wie du auch der Meinung, ich befände mich im Jenseits. Yellow Destiny tauchte unerwartet aus dem Nichts auf und hat mir erklärt, dass ich wieder lebte. Wir unterhielten uns darüber, wie mein Schicksal aussehen sollte. Da sich der Kampf um das Leben der Einhörner in einer sehr kritischen Situation befand, gab es für mich nur eine Option. Ich wollte stärker ins Geschehen eingreifen. Deshalb war ich damit einverstanden, dass Yellow Destiny mich in ein Alicorn verwandelte. Am Ende wurde der Kampf gegen die Feinde gewonnen. Durch die Verwandlung konnte ich später mein Leben besser genießen. Ich musste natürlich sehr viel trainieren, bis ich meine magischen Fähigkeiten beherrschen konnte. So hast du schon eine Vorstellung, was dich bei der Unterhaltung erwarten wird."

Ventus erinnerte sich immer noch gut daran, was seine Mutter Schönes und Interessantes über Einhörner erzählt hatte. Das Pferd fand den Gedanken wundervoll, dass es vielleicht auch in ein so schönes Wesen verwandelt werden könnte. Sein Gefühl sagte ihm, dass Lena das sicher toll finden und sich darüber freuen würde. Es war sich bewusst, dass es viel dafür tun musste. Dann flüsterte es Salva zu: „Wann werde ich mich mit Yellow Destiny treffen?"

„Das wird bald passieren. Aber zuerst möchte ich dir etwas über sein Reich erzählen", gab dieser zur Antwort. „Wie groß dieses ist, kann ich dir nicht sagen. Ich wollte es herausfinden, aber nachdem ein Tag zu Ende war, merkte ich, dass ich sicher sehr viele Tage bräuchte, um dieses Ziel zu erreichen. Es ist denkbar, dass es sogar Jahre sein könnten. Als ich Yellow Destiny dazu befragt habe, hat er so etwas angedeutet. Aus diesem Grund habe ich aufgegeben.

Wenn ich unterwegs war, hat es immer eine Stelle gegeben, an der es etwas zu trinken gab. Hier haben schlechte Gefühle keine Chance zu entstehen. Ich sehe es als Ort des ewigen Glückes.

Das Zuhause des Löwen ist wirklich geheimnisvoll. Ich erinnere mich gut, dass ich während des Fliegens die Kontrolle verloren habe und Richtung Erdboden stürzte. Dabei war ich sicher, dass ich sterben würde. Doch als ich den Boden berührte, wurde er ganz weich und ich landete sehr sanft. Kaum war ich aufgestanden, war der Untergrund wieder fest.

Ich liebe es, hier zu sein und war traurig, als meine Ausbildung zu Ende war und ich diesen Ort verlassen musste. Aus diesem Grund freute ich mich, dass ich hierher zurückkehren durfte, um ihn dir zu zeigen."

Ventus erkannte die Freude in Salvas Stimme, als er über diesen Ort redete. Aber nun musste er an Lena denken. Er stellte sich vor, dass sie sehr viel geweint hatte und sich in einem schlechten Zustand befinden musste. Dieser Gedanke gefiel ihm nicht.

Das Reich des Löwen beeindruckte ihn sehr. Er fragte sich, ob er mit Lena hier leben könnte.

Beide schlenderten eine Weile, dann entdeckten sie einen See und bewegten sich auf ihn zu. Sie tranken sehr viel. Das Wasser schmeckte Ventus ausgezeichnet. Er hätte noch mehr trinken können. Plötzlich erschien aus dem Nichts ein großer Löwe vor ihnen. Salva raunte Ventus zu: „Ich werde euch für eine Weile allein lassen. Ich rate dir, ehrlich zu Yellow Destiny zu sein. Er mag es gar nicht, wenn jemand die Unwahrheit sagt. Wir sehen uns später."

Salva flog weg und Ventus ging unsicher auf den Löwen zu. Als er bei ihm ankam, klopfte sein Herz vor Aufregung. Das Pferd schaute ihn respektvoll an und war von seinem Aussehen beeindruckt. Ventus schätzte, dass der Löwe eine Schulterhöhe von zwei Metern hatte. Seine blauen Augen betrachteten ihn freundlich. Seine schwarze Mähne und sein gelbes Fell hatten eine Schönheit, die schwer in Worte zu fassen war. Es machte auf Ventus den Eindruck, als würde beides geheimnisvoll glänzen. Aber er war unsicher.

Nun sprach der Löwe in einem freundlichen Ton zu ihm: „Hallo Ventus. Ich bin Yellow Destiny. Du bist herzlich willkommen in meinem Reich. Du kannst dies als eine große Ehre betrachten, denn nur bestimmte Wesen dürfen sich hier aufhalten. Du hast bestimmt viele Fragen an mich, aber zuerst sollten wir uns über deine Zukunft unterhalten."

„Woher kennst du meinen Namen?", fragte das Pferd mit nervöser Stimme.

„Durch Magie weiß ich deinen Namen. Du musst nicht aufgeregt sein. Sei ganz entspannt", antwortete ihm der Löwe.

An seinem Blick erkannte der Löwe, dass das Pferd etwas auf dem Herzen hatte. Er lächelte es an. „Ich denke, wir sollten zunächst über was anderes als deine Zukunft reden. Du möchtest mir sicher etwas Wichtiges mitteilen. Habe ich recht?"

Nervös meinte Ventus zu ihm: „Ja, das ist richtig. Seit einer Weile frage ich mich, ob ich meine Freundin Lena wiedersehen werde. Ich bin mir sicher, dass sie wegen meines Todes sehr traurig ist. Sie soll erfahren, dass ich wieder lebe. Es ist für mich sehr wichtig, dass sie es weiß. Sie braucht mich und ich brauche sie. Wir haben uns gegenseitig die Lebensfreude zurückgegeben."

Yellow Destiny schaute ihn kurz nachdenklich an. „Du wirst Lena sicher wiedersehen. Das verspreche ich dir. Ich kann gut nachempfinden, wie du dich wegen deiner Freundin fühlen musst. Du wirst dich noch daran gewöhnen müssen, dass Zeit in meinem Reich gar keine Rolle spielt. Deshalb brauchst du dir wegen Lena keine Sorgen zu machen."

Der Löwe lächelte ihn an und fragte ihn sehr behutsam: „Können wir uns nun über deine Zukunft unterhalten?"

Ventus erinnerte sich an Salvas Äußerung über die Zeit hier. Ihm war bewusst, dass er bestimmt noch eine Weile brauchen würde, bis er sich daran gewöhnt hätte. Dann gab er zur Antwort: „Ich möchte auch wissen, wieso ich mein Leben zurückbekommen habe. Salva hat mir gesagt, dass ich etwas Besonderes getan habe. Aber ich wüsste nicht, was das sein soll. Auch hatte er gemeint, dass ich kein Niemand bin. Das möchte ich bitte erklärt bekommen, bevor wir uns über meine Zukunft unterhalten können."

„Du hast mutig eingegriffen, als die zwei Jugendlichen die anderen Tiere quälen wollten. Nicht jeder würde so etwas Selbstloses tun. Auch hast du Lena ihre Lebensfreude zurückgegeben. Das ist auch etwas Besonderes, denn nicht jeder hat so eine Fähigkeit. Davor habe ich großen Respekt. Deshalb bist du kein Niemand! Diese beiden Tatsachen waren die Hauptgründe, warum du dein Leben zurückbekommen hast. Es gab auch andere Gründe, die eine Rolle gespielt haben. Möchtest du sie alle hören?", erklärte der Löwe ihm.

„Das hätte ich nicht gedacht. Jetzt glaube ich zu begreifen, wieso ich diese zweite Chance bekommen habe. Könnten wir uns später noch mal über die anderen Gründe unterhalten? Ich möchte nun über meine Zukunft reden", sagte Ventus.

„Ja, das werden wir sicher tun. Ich finde auch, dass wir nun über deine Zukunft diskutieren sollten."

Yellow Destiny überlegte kurz. „Es gibt für dich zwei Wege, wie dein Schicksal aussehen könnte.

Die erste Option ist, dass du dein altes Leben als Pferd wiederbekommst.

Die zweite Möglichkeit ist, dass ich dich wie Salva in ein Alicorn verwandle. Zur letzten Option sollst du Folgendes wissen: Wenn du sie nehmen würdest, würdest du von mir deine verlorenen Lebensjahre zurückbekommen. Das heißt, dass du wieder jung wärst. Von dir würde erwartet werden, dass du die Natur beschützt und andere wichtige Tätigkeiten durchführst. Wenn du dich für diesen Schritt entscheidest, musst du wie Salva hier eine Ausbildung durchlaufen. Sie dauert so lange, bis du deine magischen Fähigkeiten sehr gut beherrschst. Die Dauer hängt von dir ab, weil ich dich nicht unter Druck setzen werde. Als Alicorn kannst du dich mit fast jedem Lebewesen unterhalten. Du bekommst sehr nützliches Wissen in deinen Kopf übertragen. Das wirst du sicher gebrauchen können.

Nun, welchen Weg möchtest du gehen?"

Ventus musste sehr lange darüber grübeln. Er stellte dem Löwen Fragen: „Wenn ich ein Alicorn wäre, könnte ich mich doch mit einem Menschen unterhalten, oder? Wenn ich diese Ausbildung mache, würde das wahrscheinlich viele Jahre dauern. Wegen Lena gefällt mir das nicht. Kann ich sie in der Zwischenzeit treffen?"

„Falls du ein Alicorn wärst, könntest du dich mit einem Menschen unterhalten, ja. Ich möchte dir die stillstehende Zeit noch einmal deutlicher erklären. Egal, wie lange deine Ausbildung dauern wird, wirst du danach zu dem Tag zurückgebracht werden, an dem du gestorben bist. In deiner Welt wäre praktisch keine Zeit vergangen. Du wärst nie weg gewesen. Deshalb solltest du dein Training ohne Unterbrechung durchziehen. Du willst doch bestimmt viel Zeit in deiner Welt mit Lena verbringen.

Also möchtest du, dass ich dich in ein Alicorn verwandle?" Yellow Destiny guckte ihn an.

Das Pferd musste wieder eine Weile darüber nachdenken. Dann hatte es eine Entscheidung getroffen: „Ja, ich möchte in ein Alicorn verwandet werden. Ich sehe für mich die Chance, so verhindern zu können, dass Tiere Leid durch Menschen ertragen müssen. In dieser Gestalt könnte ich mich mit Lena unterhalten, denn es gibt so einige Dinge, die ich ihr unbedingt persönlich mitteilen möchte."

„Bist du sicher, dass du diesen Weg gehen willst? Bedenke, dass es kein Zurück gibt. Deine Aufgaben und Tätigkeiten können sehr gefährlich sein. Du könntest dabei getötet werden. Das wollte ich gesagt haben", äußerte sich der Löwe in einem sehr ernsten Ton.

Ventus machte sich noch mal Gedanken darüber. Dann meinte er dazu: „Ja, ich bin mir ganz sicher, dass ich ein Alicorn sein möchte. Vor den Konsequenzen habe ich keine Angst. Mein Leben als Pferd hat mir gezeigt, dass ich mich gegen Zweibeiner nicht gut wehren kann, die einem Schmerzen zufügen wollen. Das möchte ich unbedingt ändern."

„In Ordnung, dann werde ich dich gleich verwandeln. Du brauchst nichts machen. Bleib nur locker stehen", erklärte der Löwe ihm.

Yellow Destiny hauchte ihn an und ein gelber Nebel kam aus seinem Maul, der sich auf Ventus zubewegte. Das Pferd wurde ganz umhüllt und verschwand darin. Im Inneren nahm es nur ein gelbes Licht wahr. Es spürte eine angenehme Wärme am ganzen Körper und empfand keine Angst. Plötzlich wurde es sehr hell und Ventus musste seine Augen schließen. Dann spürte er, dass sein Körper sich anders anfühlte. Er öffnete seine Augen und bemerkte staunend, dass er Flügel hatte. Sofort rannte er zum See, um dort sein neues Aussehen zu kontrollieren. Sein Spiegelbild betrachtete er mit großem Staunen. Er hatte ein silbernes Horn an seiner Stirn, Mähne und Schweif waren nun schwarz und sein weißes Fell sah sehr schön aus. Er mochte sein neues, schönes Erscheinungsbild sehr.

Die Alicornmagie löste in seinem Körper eine angenehme Wärme aus. Er verspürte ein großes Glücksgefühl und musste vor Freude weinen. Darüber war er sehr erstaunt, da er so etwas als Pferd nicht kannte.

Dann nahm Ventus die Stimme des Löwen wahr: „Als Alicorn ist es normal, dass du deine guten und schlechten Gefühle durch Weinen zeigen kannst. Wie fühlst du dich? "

„Ich fühle mich sehr glücklich, weil ich endlich Gerechtigkeit erfahre. Damit hätte ich nie gerechnet. Ich musste viel Leid ertragen. Mein ganzes Leben kannte ich das Gefühl der Freude kaum", erklärte er dem Löwen.

Als Ventus nicht mehr weinte, merkte der Löwe an: „Übrigens kannst du dich entscheiden, ob du deine Alicorn- oder Pferdegestalt annehmen möchtest. Für euer Wiedersehen ist es sicher gut, dass du das kannst, denn Lena kennt ja deine neue Identität noch nicht. Auch hast du bei deiner Verwandlung von mir sehr nützliches Wissen erhalten."

„Ist es möglich, dass ich mit Lena gemeinsam in deinem Reich leben darf? Mir gefällt dieser Ort sehr. Ich fühle mich hier geborgen", fragte Ventus spontan den Löwen.

Yellow Destiny lächelte ihn an und gab zur Antwort: „Das geht leider nicht. Ich kann gut verstehen, warum du diesen Wunsch hast. Es tut mir leid. Aber ich kenne einen Ort in deiner Welt, der fast die gleiche magische Wirkung hat wie mein Zuhause. Es geht um die magische Welt Candelia. Dieser Ort ist das Land der Einhörner."

Ventus verspürte eine große Traurigkeit. Er fand das sehr schade. In diesem Moment tauchte Salva wieder auf und landete in der Nähe der beiden. Der Löwe meinte zu Ventus: „Ich lasse euch für eine Weile allein. Bestimmt hast du Fragen an Salva oder möchtest nur so mit ihm reden. Wir werden uns später über deine Ausbildung und andere wichtige Dinge unterhalten. Übrigens lebt Salva auch in Candelia. Deshalb kannst du mit ihm darüber diskutieren, ob Lena und du gemeinsam dort leben dürft. Ich halte das für möglich."

Yellow Destiny schaute Ventus freundlich an und löste sich vor den Augen der zwei Alicorns in Luft auf. Mit einem nachdenklichen Gesichtsausdruck schlenderte Ventus zu Salva. Dieser merkte an: „Ich sehe dir an, dass du jetzt glücklicher bist. Vorher hast du unglücklich gewirkt. Ich freue mich für dich. Bestimmt hast du Fragen an mich."

„Ich habe Yellow Destiny gefragt, ob ich mit Lena zusammen hier leben könnte. Aber leider sei das nicht möglich. Der Löwe meinte, dass der Ort, an dem du lebst, auch diese magische Wirkung habe wie sein Reich. Deshalb wollte ich fragen, ob es möglich ist, dass meine Freundin und ich dort zusammen leben. Es würde mir sehr viel bedeuten." Ventus schaute ihn erwartungsvoll an.

„Das ist sicher möglich. Aber du musst erst mal Mystic Blue kennenlernen und mit ihr darüber reden. Sie hat großen Einfluss darauf, ob dein Wunsch wahr werden kann. Du wirst sie treffen, da sie bald hier auftauchen wird. Während deiner Ausbildung werde ich hier bleiben, damit du dich nicht einsam fühlst", erklärte Salva ihm.

„Wer ist bei dir gewesen, als du hier deine Ausbildung gemacht hast?", fragte Ventus ihn neugierig.

„Ich bekam häufig Besuch von Susan und dem Alicorn True. Beide haben auch bei der Rettung der Einhörner ihr Leben geopfert. Sie wurden wie ich zu Naturschützern ausgebildet. Ihre Ausbilderin war die Löwin Eternity, die die Freundin von Yellow Destiny ist. Du wirst den beiden ebenfalls begegnen und sie kennenlernen. Meine Ausbildung dauerte einige Jahre. Aber ich vermute, dass es bei dir kürzer sein wird", antwortete er ihm.

„Was ist Yellow Destiny für ein Wesen?", fragte Ventus spontan.

„Diese Frage habe ich ihm auch gestellt. Er sagte mir, dass er sich als normalen Löwen betrachtet. Ich habe angemerkt, dass ein normaler Löwe niemals solche magischen Fähigkeiten hat, doch er meinte nur, dass diese zauberhafte Tatsache nicht der Rede wert sei. Das ist wirklich sehr untertrieben. Aber er meint es wirklich ernst, dass er sich als ganz normalen Löwen sieht“, grinste Salva.

Es waren zehn Jahre vergangen, bis Ventus seine magischen Fähigkeiten als Alicorn beherrschte. Diese Zeit würde er nie vergessen, da er viele schöne Momente erlebt hatte. Seine Ausbildung hatte er mit Begeisterung durchlaufen. In der Freizeit unternahmen er und Salva viel. Beide grasten gerade.

Ventus verspürte eine große Freude, weil er bald Lena wiedersehen würde. Zwar waren die beiden Alicorns richtige Freunde geworden, aber seine Freundschaft mit Lena blieb die wichtigste und er dachte oft an sie. Daran hatte sich nie etwas geändert.

Plötzlich erschien Yellow Destiny aus dem Nichts in der Nähe eines Sees und beide gingen zu ihm. Der Löwe sah Ventus freundlich an. „Heute ist es so weit. Deine Ausbildung ist nun erfolgreich beendet. Du wirst bald in deine Welt zurückkehren und Lena wiedersehen.

Ich möchte dir noch etwas Wichtiges mit auf den Weg geben: Wenn du eine schwere Entscheidung fällen musst, dann entscheide am besten mit deinem Herzen. Du sollst wissen, wer von mir ausgebildet wurde, wird das nie bereuen. Jetzt wirst du diese Worte nicht verstehen. Aber es wird die Zeit kommen, da du es begreifen wirst.“

Ventus war von der Stimme des Löwen beeindruckt. Sie klang weise, freundschaftlich und herzlich. Aber er hatte erlebt, dass sie sich auch unangenehm anhören konnte. Er hatte vor dem Löwen großen Respekt. Dann sagte er zu Yellow Destiny: „Ich möchte dir danken, dass du das alles für mich getan hast. Mir ist bewusst, dass das nicht selbstverständlich ist. Ich werde bei meinen zukünftigen Aufgaben und Tätigkeiten als Alicorn mein Bestes geben.“

„Davon bin ich überzeugt. Zum Abschied komme bitte näher zu mir“, sprach der Löwe freundlich zu ihm.

Ventus tat dies und Yellow Destiny küsste ihn behutsam und liebevoll auf seine Nase. Das Alicorn spürte am ganzen Körper eine angenehme Wärme, die durch den Kuss ausgelöst wurde. Der Löwe flüsterte ihm zu: „Jetzt ist deine Ausbildung offiziell erfolgreich beendet. Ich wünsche dir und Lena ein glückliches Leben zusammen. Ihr beide habt das verdient.“

Kapitel 3

Mystic Blue beobachtete mit einem Lächeln das Wiedersehen von Lena und Ventus. Sie freute sich für die beiden. Nach einer Weile landete Salva neben ihr und betrachtete das Geschehen ebenfalls.

„Bald werde ich mich mit ihnen über ihre Zukunft unterhalten", raunte sie ihm zu.

„Ventus hat mir erzählt, dass du ihm keine Andeutungen gemacht hast, ob sein Herzenswunsch wahr werden kann. Deshalb befürchtet er, dass es nicht klappen wird. Wirst du mir verraten, in welche Richtung es gehen wird?", murmelte Salva.

„Ich dachte, du kennst mich gut. Dir sollte doch klar sein, in welche Richtung es gehen wird. Beide sollen mich überzeugen, warum sie Bewohner von Candelia werden wollen. Ich finde, dass wir die beiden nun alleine lassen sollten", lächelte Mystic Blue.

Dann spannten beide Alicorns ihre Flügel aus, flogen rasant in die Luft und verschwanden schnell aus den Blickwinkeln von Lena und Ventus.

„Ventus ... wie ist das möglich, dass du wieder lebst?", fragte Lena ihren Freund und umarmte ihn weiterhin. Sie streichelte sanft sein Fell und roch seinen vertrauten Geruch. Das Mädchen hatte das Gefühl, dass alle ihre Herzenswünsche erfüllt worden waren.

„Ich möchte es dir gerne sagen, aber ich darf das nicht. Wenn ich es dir erzählen würde, müsstest du deshalb sterben! Darum bitte ich dich, nicht mehr diese Frage zu stellen", antwortete er ihr.

Das Mädchen guckte ihn geschockt an, als sie das hörte, und ließ ihn los.

„Das ist heftig! Ich hätte nicht gedacht, dass es gefährlich wäre, wenn du es mir sagen würdest", sagte Lena verunsichert.

Sie bemerkte den bittenden Blick ihres Freundes. Das Mädchen dachte eine Weile darüber nach. Sie hätte so gerne gewusst, wie das möglich war. Aber sie ahnte langsam, dass eine höhere Macht verantwortlich sein musste. Darum war sie der Meinung, dass sie sich respektvoll verhalten musste. Sie hatte Angst, dass Ventus wegen ihres Verhaltens wieder sein Leben verlieren könnte. Das wollte sie auf gar keinen Fall.

„Jetzt verstehe ich deine Bitte. Darfst du mir überhaupt nichts erzählen?“, meinte das Mädchen zu ihm.

„Also ... das kommt auf die Fragen an. Ich darf dir Folgendes erzählen: Ich habe die anderen Pferde und Ponys vor den beiden Jugendlichen beschützen wollen und dir deine Lebensfreude wiedergegeben. Das sind die Hauptgründe, warum ich wieder lebe. Auch unsere Freundschaft, dein respektvoller Umgang mit der Natur und deine Selbstlosigkeit spielten eine Rolle, warum ich zurückkehren durfte. Mir wurde gesagt, wenn ich zum zweiten Mal sterbe, dann ist das endgültig. Mehr darf ich dir nicht sagen.“ Er schaute sie freundlich an.

„Ehrlich gesagt ist es mir nicht wichtig, die Umstände zu wissen. Die Hauptsache ist, dass wir uns wiedersehen dürfen. Ich kann immer noch nicht fassen, dass das kein Traum ist. Wie ist es möglich, dass du mit mir sprechen und dich in ein fliegendes Einhorn verwandeln kannst?“, flüsterte Lena.

„Ich hatte die Möglichkeit, mein altes Leben zurückzubekommen. Dann wurde ich gefragt, ob ich in der Gestalt eines Alicorns etwas für den Naturschutz tun möchte. So nennt man Einhörner mit Flügeln. Ich war unsicher, ob ich das wirklich wollte. Allerdings wurde mir dann angeboten, meine durch Menschen verlorenen Lebensjahre wieder zurückzubekommen. Ich erkannte, dass ich die Chance hatte zu verhindern, dass Tiere durch Menschen Leid ertragen müssen. Ich hätte die schrecklichen Erinnerungen an meine Ermordung auslöschen lassen können. Aber ich fand es für mich bedeutungsvoll zu wissen, warum ich diese Fähigkeiten habe. Weiter erfuhr ich, dass ich mich als Alicorn mit fast jedem Lebewesen unterhalten kann.

Aus diesen Gründen entschied ich mich dafür, das Angebot anzunehmen“, erklärte Ventus ihr, nachdem er sich gedanklich gesammelt hatte.

Er atmete langsam und seufzte. Es fiel ihm zunächst schwer, passende Worte für das zu finden, was er ihr als Nächstes sagen wollte. „Ich möchte mich dafür bedanken, dass du mich durch deine liebevolle Art gesund gepflegt hast. Deine Anwesenheit half mir, dass es mir schneller besser ging. Das wollte ich dir immer schon sagen. Aber erst jetzt kann ich das tun. Du sollst wissen, bevor du mich gerettet hast, war ich davon überzeugt, dass es nur schlechte Menschen gibt, denen es Spaß macht, Tieren Schmerzen zuzufügen.

Du hast mir meine Lebensfreunde zurückgegeben. Dafür möchte ich auch Danke sagen. Das Leben bei diesem Bauern war die Hölle gewesen. Er schlug mich jeden Tag mehrmals mit einer Peitsche, obwohl ich nichts falsch gemacht hatte. Genügend zu fressen bekam ich auch nicht. Er ließ mich verwahrlosen. Deshalb ging es mir sehr schlecht", teilte er ihr in einem nachdenklichen Ton mit.

Aus Lenas Augen kamen sehr viele Tränen. Das Mädchen hatte eine vage Vorstellung, wie schlimm es für Ventus gewesen sein musste. Lena stellte sich vor, wie der Bauer ihn brutal mit der Peitsche schlug und sich darüber freute. Das machte sie wütend.

Es dauerte eine Weile, bis sie nicht mehr weinen musste und sich beruhigt hatte. „Es tut mir so leid. Ich hätte nicht gedacht, dass der Bauer so fies zu dir gewesen ist", sagte sie mitfühlend zu ihm. „Du brauchst dich aber wirklich nicht dafür zu bedanken, ich habe es gerne getan, weil du mein einziger wahrer Freund bist."

Ihre Äußerung tat seiner Seele gut. Er lächelte sie kurz an. Beide schwiegen für eine Weile. Nun musste er daran denken, wie ihm die zwei Jugendlichen ihre Messer gewissenlos in den Körper gerammt hatten. Er spürte eine tiefe Verachtung, Hass und Wut auf solche Menschen. Seiner Meinung nach war so ein Verhalten niemals zu verzeihen. Das Alicorn erinnerte sich gut daran, dass sich die beiden jungen Männer an seinem Leid ergötzt und darüber gelacht hatten.

„Das finde ich toll, dass du die verlorenen Lebensjahre zurückbekommen hast. Ich freue mich für dich. Das hast du auf jeden Fall verdient. Aber wie geht es mit uns weiter? Darf ich dich wiedersehen? Wo wirst du nun leben?", fragte Lena ihn mit ruhiger Stimme.

„Ehrlich gesagt weiß ich das nicht, da sich Mystic Blue dazu nicht geäußert hat. Sie erklärte mir nur, dass wir das zu dritt besprechen würden. Leider hat sie gar keine Andeutungen gemacht. Ich hoffe für uns, dass wir zusammenbleiben dürfen", antwortete Ventus ihr verunsichert.

Lena bemerkte seine Unsicherheit und das trübte ihr Wiedersehen. Das Mädchen wollte auf andere Gedanken kommen und schaute ihren Freund mit einem Lächeln an. Sie fand sein Aussehen als Alicorn sehr schön. Erst jetzt wurde ihr bewusst, dass ihr der Anblick von Ventus Freude machte und ihre Stimmung verbesserte. Sie näherte sich ihm und streichelte behutsam seine schwarze Mähne. Es fühlte sich angenehm weich an. Seine Körperwärme gab ihr das Gefühl von Geborgenheit.

„Ich schlage vor, dass du dich auf meinen Rücken setzt und wir fliegen gemeinsam über das Tal von Candelia. Was hältst du davon?", meinte ihr Freund.

„Das ist ein schöner Vorschlag! So machen wir das“, freute sie sich. Das Alicorn senkte kurz seine Vorderbeine. Als sie sich auf seinem Rücken befand, streichelte sie wieder sein Fell und seine Mähne. Sie konnte nicht widerstehen. Ventus empfand ihr Streicheln als angenehm und schnaubte. Danach spannte er seine Flügel aus.

„Du sollst wissen, dass ich dieses unglaubliche Tempo von Mystic Blue leider nicht habe. Sei deshalb nicht enttäuscht, wenn wir gleich losfliegen“, bemerkte er.

„Wie kommst du darauf, dass du mich enttäuschen könntest? Es ist mir total egal, ob du das kannst oder nicht. Für mich zählt nur unsere Freundschaft. Du bist das Wichtigste in meinem Leben, weil ich durch dich wieder lachen konnte. Das wird immer so bleiben“, meinte sie erstaunt.

Lena bemerkte, dass sich ihr Freund über ihre Äußerung sehr freute und sie anlächelte. Deshalb umarmte sie ihn herzlich. Danach schoss er in die Luft. Das Fliegen mit ihrem Freund machte ihr mehr Spaß als mit Mystic Blue. Wieder bemerkte sie seine Körperwärme. Sie sorgte dafür, dass sich Lena geborgen fühlte. Dadurch spürte sie kaum die Kühle an ihren Körper.

Der Anblick der Einhornwelt aus der Luft war wundervoll. Sie empfand wieder dieses tolle Glücksgefühl und das sorgte dafür, dass sie alle schlimmen Erinnerungen schnell vergessen konnte. Nachdem sie eine Weile geflogen waren, entdeckte sie einen riesigen Pavillon und fragte Ventus: „Was ist das für ein Platz?“

„Das ist einer der bedeutsamsten Orte von Candelia. Unter dem Pavillon befindet sich der Kristall des Lebens. Er ist sehr wichtig, denn wenn er beschädigt wird, sind die Folgen sehr schlimm. Die Einhörner würden langsam ihre Zauberkräfte verlieren und sich in normale Pferde zurückverwandeln. Für die Erde würde es bedeuten, dass die Jahreszeiten verrückt spielen würden. Tiere müssten deshalb verhungern und würden aussterben. Naturkatastrophen würden zunehmen. Leider darf ich nicht mit dir dort landen. Vor ein paar Monaten wurde ihm sehr schlimmer Schaden zugefügt und es gab keine Hoffnung, ihn reparieren zu können. Aber dann geschah ein Wunder und er konnte wieder in Ordnung gebracht werden“, antwortete ihr Freund.

Seine Erklärung machte Lena sehr nachdenklich. Das Mädchen starrte kurz noch mal zum Pavillon. Sie hätte nicht gedacht, dass die Natur so empfindlich war. „Das finde ich schade. Aber ich verstehe, warum wir nicht landen dürfen. Wie sah denn das Wunder aus?“, fragte sie ihn.

„Das wurde mir leider nicht mitgeteilt, da dieses Wissen nicht ungefährlich ist. Ich respektiere das, obwohl ich gerne erfahren hätte, was für ein Wunder das war."

Sie war von der Landschaft sehr beeindruckt. Ihre langen roten Haare wehten. Lena spürte kaum den Wind im Gesicht. Auch nahm sie erneut den zauberhaften Duft wahr. Das Mädchen erkannte jetzt, was für ein Glück sie hatte, dass sie das traumhafte Land der Einhörner besuchen durfte. Sie lächelte.

„Die Stelle, über die wir gerade fliegen, ist ein denkwürdiger Platz", hörte sie Ventus' Stimme plötzlich.

Lena guckte nach unten und bemerkte einen Felsen. Er hatte eine dreieckige Form und befand sich auf einer sehr großen Lichtung.

„Hier versammeln sich die Einhörner, wenn König Sapientia ihnen etwas Wichtiges zu sagen hat. Auch wird an diesem Platz ein neuer König gekrönt", äußerte sich Ventus weiter.

Das Mädchen schaute sich diesen Ort respektvoll an. Lena spürte die Magie dieses Platzes und ahnte, dass er etwas Besonderes war. Das fand sie aufregend und machte sie neugierig. „Dürfen wir da landen und uns dort umsehen?", fragte sie ihn.

„Leider dürfen wir das nicht. Es ist uns nur erlaubt dort zu sein, wenn der König etwas Wichtiges mitzuteilen hat oder ein besonderes Ereignis passiert ist. Mir wurde gesagt, wenn ein Verbot missachtet wird, kann das hart bestraft werden. Die Strafen können sehr schmerzvoll sein. Deshalb will ich kein Risiko eingehen", antwortete Ventus traurig.

Das Mädchen hatte dafür Verständnis. Sie erkannte, dass die Gesetze in Candelia sehr streng waren. Aber das änderte nichts daran, dass sie hier mit ihrem Freund leben wollte. Es gab ihrer Meinung nach keinen schöneren Ort. Das war ein Herzenswunsch von ihr. Sie hoffte sehr, dass er sich erfüllen würde, obgleich sie Zweifel hatte. Sie vermutete, dass sie die Bedingungen wahrscheinlich nicht erfüllen könnte. Das wollte sie Ventus jedoch noch nicht mitteilen.

Nach einer Weile entdeckte sie einen See, in dessen Nähe ein paar Einhörner grasten und sich unterhielten. Den Anblick dieser weißen Zauberwesen fand sie wundervoll. Lena hatte kurz den Eindruck, dass sie träumen würde. Plötzlich galoppierte ein junges Einhorn mit einem Mädchen auf seinem Rücken sitzend zu seinen Artgenossen. Lena war sehr überrascht, dass sie nicht das einzige Kind war, das sich im Land der Einhörner aufhielt. Als die beiden angekommen waren, verbeugten sich die anderen Einhörner kurz. Eine große Aufregung herrschte in Lena. Sie tippte ihre Finger nervös auf die Mähne von Ventus und atmete unruhig.

„Vielleicht wird mein Herzenswunsch doch wahr werden. Ich hoffe, dass das Mädchen uns helfen kann", murmelte Lena zu sich selbst.

Ihr Freund bemerkte ihre Unruhe und ahnte, was die Ursache für ihr Verhalten war.

„Warum bist du unruhig? Ist das Mädchen der Grund?", flüsterte er ihr zu.

„Ja, sie ist der Grund. Kennst du das Mädchen und ihr Einhorn? Warum verbeugen sich die anderen Einhörner?", fragte Lena ihn kribbelig.

„Das habe ich mir gedacht. Ja, beide sind mir bekannt. Ich habe sie gestern ein wenig kennengelernt. Das Mädchen heißt Anita Kellermann und der Name ihres Einhornfreundes lautet Starfire. Beide finde ich sehr sympathisch. Leider weiß ich nicht, warum die anderen Einhörner sich verbeugen. Ich schlage vor, dass wir landen und uns mit ihnen unterhalten, um es herauszufinden", antwortete Ventus ihr.

Das Mädchen legte eine Hand auf ihren Mund und grübelte. Sie war sich unsicher, ob das eine gute Idee war. Andererseits wollte sie unbedingt erfahren, wieso sich die Einhörner so verhielten. Lena wollte Anita fragen, ob sie eine Bewohnerin von Candelia war. So könnte sie Gewissheit erlangen, ob ihr Wunsch wahr werden könnte.

„Ich bin mit deinem Vorschlag einverstanden. In Ordnung, wir können landen", meinte sie zu Ventus.

Kapitel 4

Während der Landung fühlte sich Lena sehr aufgeregt. Ihr Herz klopfte schneller. Sie atmete unruhig und fragte sich, ob Anita ihr wirklich helfen könnte. Dann sah sie, dass das andere Mädchen sie bemerkt hatte und kurz winkte. Lena winkte zurück. Anita stieg von ihrem Freund ab.

Nach der Landung sah Lena, dass sich am See mehr Einhörner aufhielten als gedacht. Einige von ihnen schauten sie freundlich an. Ihre Mähnen funkelten prächtig. Lena hätte die Zauberwesen noch lange betrachten können, aber sie konnte das Ganze nicht wirklich genießen. Sie rutschte von Ventus' Rücken herunter, suchte den Blickkontakt zu Anita und Starfire und näherte sich ihnen. Bei ihnen angekommen, merkte sie, dass sie etwas größer war als Anita.

„Hallo ... ich bin Lena und mein Alicornfreund heißt Ventus", stotterte Lena unsicher.

Die langen braunen Haare von Anita wehten ein wenig. Sie bemerkte Lenas Nervosität und lächelte sie an.

„Hallo, mein Name ist Anita und mein Freund heißt Starfire. Ich freue mich, deine Bekanntschaft zu machen", sagte sie zu ihr.

Lena guckte kurz zu Ventus. Sein Blick beruhigte sie. Ihr Atmen wurde ruhiger und sie schaute nun wieder zu Anita.

„Ich freue mich auch, dich kennenzulernen. Ich habe den Eindruck, dass du uns schon erwartet hast. Habe ich recht?", sprach sie immer noch etwas nervös zu ihr.

„Ja, das siehst du richtig. Mystic Blue hat uns erzählt, dass sie jemanden nach Candelia bringen wollte. Den Grund hat sie uns nicht genannt", antwortete Anita.

„Verstehe. Dürfte ich dir ein paar persönliche Fragen stellen? Das ist mir sehr wichtig. Mir sind ein paar Dinge unklar", sagte Lena.

Anita schaute sie überrascht an. „Ja, du darfst mich was fragen. Ich schlage vor, dass wir an einen anderen Ort fliegen. Dort sind wir ungestört. Bist du damit einverstanden?"

„Ja, damit bin ich einverstanden. Aber dein Freund kann doch nicht fliegen", stellte Lena verwirrt fest.

„Noch kann ich das nicht. Aber das ändert sich gleich. Das werdet ihr jetzt sehen“, sagte Starfire in diesem Moment freudig.

Anita fasste mit beiden Händen die Mähne ihres Freundes. Dann sprang sie hoch, um sich auf den Rücken von Starfire zu setzen.

„Bei der Macht der Freundschaft!“, schrie er unerwartet.

Lena beobachtete staunend, wie sein Körper in ein blaues Licht gehüllt wurde. Nach ein paar Sekunden hatte sich Starfire in ein Alicorn verwandelt. Seine weiße Mähne, sein weißer Schweif und sein silbernes Horn wurden golden. Der Rest seines Körpers blieb weiß. Lena war davon sehr beeindruckt. Starfire war sogar gewachsen. Lena hätte nicht gedacht, dass sich ein Einhorn auch in ein Alicorn verwandeln konnte. Sie setzte sich wieder auf den Rücken ihres Freundes.

„Wir fliegen zu meinem Haus. Dort können wir ungestört reden. Der Flug wird nicht so lange dauern“, hörte sie Anitas Stimme.

Starfire schoss in Richtung Himmel. Ventus flog ihm hinterher. Während des Fluges machte sich Lena über Anita Gedanken. „Was hat sie gemacht, damit sie eine Bewohnerin von Candelia werden konnte? Ich wünsche mir so sehr, dass wir auch hier leben dürfen. Aber ich habe kein gutes Bauchgefühl. Ich hoffe, dass Anita uns helfen kann“, dachte sie. Während des Fliegens bemerkte Lena, dass aus Starfires Flügeln kleine funkelnde Sterne herauskamen. Diesen Anblick fand sie großartig. Sie fing ein paar mit ihrer Hand und betrachtete sie. Die Sterne fühlten sich angenehm warm an. Leider lösten sie sich nach einer Weile in Luft auf. Nun schaute sie zu den Flügeln ihres Freundes und war erfreut, dass auch bei ihm Sterne hervorkamen. „Warum ist mir das nicht eher aufgefallen? Bestimmt werde ich noch einige zauberhafte Überraschungen erleben“, dachte sie. Plötzlich bemerkte Lena ein Haus. Sie machte große Augen und staunte. Beim genauen Betrachten erkannte sie, dass es sich um eine Art Gnadenhof handeln musste. Sie sah viele Tiere dort. Das verwirrte sie. Sie hatte nicht damit gerechnet, dass es so was im Land der Einhörner geben könnte. Sie wollte auf jeden Fall Anita darauf ansprechen.

„Wir sind gleich da und werden bald landen“, hörte Lena ihre Stimme einige Zeit später.

Lena entdeckte ein weiteres Haus, das auf einer Lichtung stand. Es war sehr groß und erinnerte sie ein wenig an ein Ferienhaus. Weiter bemerkte sie, dass ein Bach in der Nähe floss. „So möchte ich auch leben. Ein solches Leben habe ich mir schon immer erträumt. Vielleicht wird mein Traum wahr“, dachte das Mädchen.

Beide Alicorns landeten. Ventus und Starfire schlenderten zur Wiese und grasten. Lena spürte schon von Weitem, dass die Atmosphäre des Hauses etwas Zauberhaftes hatte. Die zwei Mädchen stiegen ab und marschierten zur Veranda. Dort setzten sich die beiden auf eine Bank. Lena fühlte mit ihren Händen, dass sie nicht aus Holz war. „Aus welchem Material wurde das gebaut? Das ist kein Holz“, fragte sie fassungslos.

„Ich weiß nicht, was das ist. Das wollte Mystic Blue mir nicht verraten. Übrigens bestehen der größte Teil des Hauses und die anderen Möbel auch aus diesem Material“, erklärte Anita ihr.

„Willst du damit sagen, dass dein Haus mit Magie erschaffen wurde?“, fragte Lena neugierig.

„Ja, mein Haus wurde von Mystic Blue mit Zauberei erschaffen. Es hätte mich nicht gestört, wenn ich es nicht bekommen hätte. Das Wichtigste für mich ist, dass ich mit Starfire in Candelia zusammenleben kann. Unsere Freundschaft bedeutet mir sehr viel. Materielle Dinge interessieren mich nicht“, antwortete ihr Anita. „Aber du wolltest mir doch ein paar Fragen stellen.“

„Ich wollte als Erstes fragen, wie es möglich ist, dass es in Candelia einen Gnadenhof gibt. Wir sind vorhin über einen solchen geflogen. Das verwundert mich sehr“, meinte Lena.

„Die Hintergrundgeschichte ist schwierig zu erzählen. Ich müsste dir mehr sagen, was nicht direkt mit dem Gnadenhof zu tun hat. Nur so kannst du alles verstehen. Möchtest du es trotzdem hören?“, fragte Anita.

„Ja, das möchte ich gerne wissen“, antwortete Lena neugierig.

„Vor ein paar Monaten wäre es undenkbar gewesen, dass in Candelia Menschen leben dürfen. Die Einhörner wollten jeden Kontakt mit ihnen vermeiden. Der Grund war, dass in der Vergangenheit viele Einhörner wegen ihrer Hörner gejagt und getötet wurden. Deshalb entstand die Meinung, dass alle Menschen schlecht wären. Die alten Gesetze erlaubten es nicht, dass sich ein Mensch in der Einhornwelt aufhielt. Aber dann passierte was Unerwartetes. Der Zauberer Gerlingga wollte aus Machtgier alle Einhörner töten, um mit ihren Hörnern der stärkste Zauberer dieser Welt zu werden“, erzählte Anita.

Sie machte eine Pause und schloss kurz ihre Augen. Dann seufzte sie. Darüber zu reden war eine emotionale Sache. Sie sammelte sich und erzählte weiter.

„Viele Einhörner wurden gefangen genommen. Es schien keine Hoffnung zu geben. Aber das sollte sich durch das Auftauchen von Mystic Blue ändern.“ Wieder hielt sie kurz inne und fuhr dann fort. „Du sollst auch wissen, dass meine Pflegeeltern für mich sehr schlimm waren. Von ihnen erfuhr ich nie Liebe. Sie haben mich nur wegen des Geldes aufgenommen! Ich weiß das, weil ich zufällig ein Gespräch von ihnen belauscht habe. Das Übelste waren die Schläge meines Pflegevaters gewesen. Dabei war es egal, ob er besoffen war oder nicht. Ich wollte nur weg von ihnen. Darum bin ich eines Tages mit einem Rucksack abgehauen. Im Wald begegnete ich meinem späteren Freund Starfire, der von Gerlinggas Männern gejagt wurde. Mein Freund brach vor mir zusammen. Ich musste schnell handeln, als ich die Stimmen seiner Verfolger hörte. Ich kann immer noch nicht glauben, dass ich damals die Kraft hatte, ihn in ein Gebüsch zu ziehen. So konnte ich ihm das Leben retten. Auf der Suche nach seinen Artgenossen wurden wir Freunde.

Später begegneten wir Mystic Blue und anderen Verbündeten. Eine von ihnen ist Susan gewesen. Sie ist für den Gnadenhof in Candelia zuständig. Vorher befand er sich in der Menschenwelt. Susan und ich sind die einzigen Menschen, die hier leben dürfen, weil wir geholfen haben, die Einhörner zu retten. Nach der Befreiung wurde entschieden, dass ihr Gnadenhof umzieht. Das ist die ganze Geschichte.“

Lena fand diese Geschichte sehr spannend und interessant. Dabei grübelte sie: „Kann es sein, dass es sich um die Susan handelt, der ich vor einiger Zeit begegnet bin? Das wäre ein unglaublicher Zufall. Vielleicht treffe ich sie und werde dann wissen, ob sie es ist.“ Sie wollte mehr dazu erfahren. „Mich interessiert auch die Rettung der Einhörner. Könntest du darüber noch mehr erzählen?“, fragte sie Anita.

„In Ordnung. Es konnte nur ein kleiner Teil der Einhörner in Sicherheit gebracht werden. Mystic Blue hatte den riskanten Plan, dass wir in die Offensive gehen sollten. Das bedeutete, dass wir den Platz angriffen, wo sich die anderen Einhörner eingesperrt in Käfigen befanden. Das Team wurde aufgeteilt. Ich, Starfire und eine große Anzahl seiner Artgenossen blieben zurück, um später die befreiten Einhörner in einem Gebäude zu empfangen. Ich erzähle dir nur meine und Starfires Erlebnisse in diesem Kampf. Wir beide hatten große Zweifel, dass wir es schaffen könnten. Als wir sahen, dass die anderen Einhörner auch keine Hoffnung hatten, hatten wir beide das Gefühl, mutig sein zu müssen. Wir mussten ihnen zeigen, dass man nicht aufgeben darf. Um in den Kampf eingreifen zu können, opferte ich einen Teil meiner Unschuld. Der Preis ist hoch gewesen, aber ich bereue diese Entscheidung nicht.

Ich habe das getan, weil ich mein Glück, die Freundschaft zu Starfire, nicht von solchen Gestalten zerstören lasse!"

Anita musste ihre Erzählung stoppen. Sie atmete etwas unruhig und nervös. Nachdem es ihr wieder besser ging, setzte sie ihre Geschichte fort.

„Die Zeit nach dem Tod meiner Eltern war für mich sehr schlimm. Erst durch die Begegnung mit Starfire änderte sich wirklich etwas für mich. Durch ihn konnte ich mich wieder glücklich fühlen. Beim Kampf kam es zu einer Situation, in der ich unvorsichtig war. Ich hatte einen Angriff des Feindes zu spät bemerkt. Mein Freund stellte sich schützend vor mich. Ich hatte gedacht, er würde dabei sterben. Aber dadurch wurde die Kraft der Freundschaft ausgelöst. Sie ermöglichte es, dass er sich in ein Alicorn verwandeln konnte. Später konnte das Einhorndreieck erschaffen werden. Es ist eine sehr starke Waffe und sorgte dafür, dass wir den Kampf gewonnen haben."

Lena sagte erst mal nichts. Die ganze Erzählung machte sie nachdenklich. Sie erkannte, dass sowohl Anita als auch Susan zu Recht hier leben durften. Nun fragte sie sich, ob sie es auch dürfte. Lena war sich unsicher. Sie hatte kein gutes Gefühl bei der Sache und stellte sich schon gedanklich darauf ein, dass ihr Herzenswunsch doch nicht wahr werden würde. Sie wollte auf andere Gedanken kommen.

„Jetzt verstehe ich, warum sich die anderen Einhörner vor dir und Starfire verbeugen. Ihr seid wirklich Helden, weil ihr Mut gezeigt habt", sagte sie.

„Ehrlich gesagt sehen wir uns nicht als Helden. Deshalb mag ich dieses Verbeugen nicht. Aber wir können daran nichts ändern. Wir haben nur unser Glück verteidigen wollen. Starfires Schicksal war mit dem seiner Artgenossen verbunden. Deshalb mussten alle Einhörner gerettet werden. Meiner Meinung nach sollte man nur mutig sein, wenn eine gefährliche Situation einen dazu zwingt und es keinen anderen Weg gibt. Starfire und ich sind uns einig, dass wir unser Glück weiterhin verteidigen wollen. Es gibt leider immer noch Bedrohungen gegen Candelia", meinte Anita.

Lena war von Anitas Äußerung sehr beeindruckt. Sie hatte großen Respekt vor ihr. „Wie viele Alicorns gibt es in Candelia? Hat es sie immer hier gegeben?", fragte sie nach einer Weile.

„Es gibt insgesamt nur fünf Alicorns. Das sind Starfire, Ventus, Mystic Blue, Salva und True. Ursprünglich hat es in Candelia diese Einhornart nicht gegeben", gab Anita zur Antwort.

Lena fragte weiter: „Weißt du, wie Mystic Blue, Salva und True zu Alicorns wurden?“

„Salva und True opferten beide ihr Leben bei der Rettung der Einhörner und kehrten auf geheimnisvolle Weise als Alicorn zurück. Mystic Blue stammt aus einem Paralleluniversum und besuchte unsere Welt. Mehr ist mir nicht bekannt“, äußerte sich Anita dazu. „Möchtest du etwas Warmes zu trinken?“, fragte sie dann.

Lena war von der Frage überrascht. Sie überlegte kurz. „Ich hätte Lust auf einen heißen Kakao“, meinte sie schließlich.

„Darauf habe ich auch Lust“, lächelte Anita.

Sie stand auf und ging zum Tisch, der sich gegenüber der Bank befand. Als sie davor stand, sprach sie laut ihren Wunsch aus: „Ich möchte bitte zwei Tassen heißen Kakao.“

Es dauerte nur ein paar Sekunden und plötzlich erschienen aus dem Nichts zwei Tassen auf dem Tisch. Anita nahm beide in die Hand und kehrte zurück. Sie übergab Lena eines der beiden Gefäße und beide tranken genüsslich ihren Kakao. Lena fand, dass er unglaublich toll schmeckte und angenehm roch. Nun betrachtete sie die Umgebung genauer. Die Bäume und Pflanzen sahen schön und friedlich aus. Das Wetter in der Einhornwelt fühlte sich sommerlich an. Sie hatte den Eindruck, dass hier kein Herbst herrschte. Nachdem beide ihren Kakao ausgetrunken hatten, stellten sie die Tassen wieder auf den Tisch. Blitzschnell verschwanden sie. „Ich möchte dich jetzt etwas Persönliches fragen. Ich hoffe, dass du mir da helfen kannst“, meinte Lena zu Anita.

„In Ordnung. Was möchtest du wissen? Ich hoffe, dass ich deine Fragen beantworten kann“, sagte Anita.

„Ich möchte so gerne mit Ventus in Candelia zusammenleben dürfen. Aber ich bezweifle, dass mein Herzenswunsch wahr werden kann. Ventus und ich werden bald ein wichtiges Gespräch mit Mystic Blue führen. Dabei geht es darum, wie es mit uns beiden weitergehen soll. Kannst du mir einen Tipp geben?“, erklärte Lena ihr und guckte sie erwartungsvoll an.

Anita überlegte eine Weile, bevor sie sich dazu äußerte. „Ich kann dir da nicht wirklich helfen, aber ich rate dir, dass du Mystic Blue gegenüber ehrlich sein solltest. Sie mag es nicht, wenn man lügt. Die Tatsache, dass du dich in Candelia aufhalten darfst, sehe ich als gutes Zeichen an. Deshalb bin ich der Meinung, dass deine Chancen, hier mit Ventus zu leben, nicht schlecht sind. Aber es hängt letztlich von dir ab, wie du dich gegenüber Mystic Blue verhältst.“

Lena dachte eine Weile darüber nach. Sie wollte gerade etwas zu Anita sagen, als unerwartet Mystic Blue vor der Veranda landete. Ventus und Starfire bemerkten sie auch und beendeten ihr Gespräch. Lenas Herz schlug schneller und sie spürte eine große Aufregung.

„Du solltest auf jeden Fall ehrlich zu ihr sein. Ich wünsche euch viel Glück“, murmelte Anita.

„Danke für deinen Tipp. Vielleicht hilft er uns“, seufzte Lena.

Das Mädchen stand auf. „Auch wenn unsere Chance sehr klein ist, wir müssen es versuchen. Sofort aufzugeben wäre zu einfach“, dachte sie. Sie ging zu Mystic Blue. Das Mädchen fühlte sich ein wenig traurig, da sie wenig Hoffnung hatte. Ventus näherte sich ebenfalls dem blauen Alicorn. Lena guckte kurz ihren Freund an. Er machte keinen optimistischen Eindruck auf sie. Als die beiden bei Mystic Blue angekommen waren, sprach diese: „Jetzt unterhalten wir uns darüber, wie eure Zukunft aussehen soll. Deshalb machen wir einen Spaziergang, damit wir ungestört darüber reden können.“

Kapitel 5

Unterwegs grübelte Lena, was sie Mystic Blue sagen wollte. Sie dachte angestrengt nach, aber ihr fiel nichts Gutes ein und das frustrierte sie. Lena schaute sehr traurig und wollte fast schon weinen.

Nach einer Weile blieben die drei in der Nähe eines Sees stehen. Das blaue Alicorn schaute beide freundlich an und redete zu ihnen. „Als Erstes möchte ich von euch wissen, wie ihr euch eure Zukunft vorgestellt habt. Das möchte ich zuerst erfahren, bevor ich euch sage, wie ich mir das Ganze für euch überlegt habe. Wer von euch möchte sich dazu äußern?"

Lena musste an Anitas Hinweis denken. Sie sollte ehrlich sein. Das Mädchen guckte mutlos zum Himmel. Es war überzeugt, dass ihre Chancen gering waren. Aber sofort aufgeben war zu einfach. Lena erinnerte sich an Anitas Worte, dass sie für ihr Glück gekämpft hatte. Sie wollte das genauso tun. Ihr Gesicht zeigte Entschlossenheit.

Sie wollte etwas zu Mystic Blue sagen, aber dann sprach Ventus zu ihr: „Unsere Vorstellung ist, dass wir in Candelia zusammenleben möchten. Es ist sowohl mein als auch Lenas Herzenswunsch. Dafür würde ich alles tun." Das Mädchen fand die Worte, die Ventus genommen hatte, gut gewählt. Es guckte zu Mystic Blue.

Das blaue Alicorn merkte an: „So hatte ich das auch gedacht. Daher möchte ich von euch hören, warum ihr hier leben möchtet. Ihr solltet überzeugende Gründe nennen. Wenn ihr beiden das getan habt, wird eine Entscheidung fallen. Wer von euch möchte beginnen?"

„Ich möchte als Erstes etwas dazu sagen", begann Ventus. „Mein Leben als Pferd war die meiste Zeit nicht angenehm gewesen. Die schlimmsten Momente waren bei diesem Bauern. Jeden Tag habe ich Angst gehabt, dass er mich wieder mit der Peitsche schlagen würde. Die Panik davor war schlimmer als die Schmerzen. Auch war es furchtbar, dass ich einige Male unerträglichen Hunger hatte, da ich nicht immer genügend zu Fressen bekam. Ich bin überzeugt, dass er das mit Absicht getan hat.

Nachdem mich Lena gerettet hatte, brachte sie mich zu einem Gnadenhof. Dort musste ich eine Weile immer noch mit meiner Furcht kämpfen. Ich dachte wirklich, dass der Bauer wieder auftauchen und mich wieder schlagen würde. Auch habe ich viele Albträume gehabt. Mit der Zeit besserte sich das, aber meine Probleme wollten noch nicht ganz verschwinden.

Der Aufenthalt auf dem Gnadenhof war nur teilweise schön. Erst am Ort meiner Ausbildung habe ich nach sehr langer Zeit wieder dieses Gefühl von Geborgenheit gespürt. Dies werde ich niemals vergessen. Leider konnte jener Ort nicht mein Zuhause werden. Das fand ich sehr schade. In Candelia verspürte ich aber wieder dieses wundervolle Empfinden", erzählte Ventus sehr emotional.

Er musste eine Pause machen und atmete unruhig. Ventus bewegte seinen Schweif schneller und hektischer. Er schloss kurz die Augen. Ihm fiel es sehr schwer, darüber zu reden. Das Ganze empfand er als sehr unangenehm und er war den Tränen nahe. Die Erinnerungen taten seiner Seele weh, wenn er über seine Qualen sprach. Ventus hatte das Gefühl, das Geschehene wäre erst vor Kurzem passiert.

Lena verspürte großes Mitleid für ihren Freund. Sie konnte es nicht fassen, dass sein Leid noch schlimmer war, als sie gedacht hatte. Deshalb musste sie weinen. Sie bemerkte auch, dass kurz Tränen aus den Augen von Mystic Blue kamen. „Warum sind Menschen so gestört und grausam?", dachte sie. Nachdem Ventus sich wieder besser fühlte, redete er weiter. „Es gibt in meinen Augen nichts Schöneres als Candelia. Seit ich ein Fohlen war, träumte ich häufig von so einem Ort. Ich möchte unbedingt mit Lena hier zusammen sein. Sie hat mir meine Lebensfreude wiedergegeben. Wir brauchen uns beide gegenseitig. Wie gesagt, würde ich alles dafür tun. Ich wäre sogar bereit, etwas Kostbares von mir zu opfern, wenn das verlangt wird." Lena beobachtete, wie ihr Freund Mystic Blue mit einem bittenden Blick anschaute. Das blaue Alicorn äußerte sich dazu nicht und guckte nun zu ihr. Das Mädchen musste eine Weile überlegen, bis sie wusste, was sie sagen wollte. Es fiel ihr schwer, ihre Geschichte zu erzählen. Auch sie wollte nicht über ihre traurige und unangenehme Vergangenheit reden. Die Erinnerungen schmerzten sehr. Am liebsten wollte sie diese schlimmen Dinge vergessen. Sie atmete langsam, um sich zu beruhigen. Dann sprach sie in einem nachdenklichen Ton.

„Nach dem Tod meiner Eltern war ich überzeugt gewesen, dass ich nie wieder glücklich sein würde. Ich fühlte lange Zeit eine Leere. Viele Dinge verloren für mich an Bedeutung. Ich weinte sehr viel und hoffte einige Male, dass alles ein Albtraum wäre. Es dauerte sehr lange, bis ich akzeptieren konnte, dass sie tot waren. Ich versuchte mich mit anderen Sachen zu beschäftigen, um auf andere Gedanken zu kommen. Aber das war schwieriger, als ich gedacht hatte. Ich brauchte eine Tätigkeit, bei der viel Aufmerksamkeit benötigt wird. Das fand ich beim Gnadenhof von Helen. Ich hätte nicht gedacht, dass die Tiere mir helfen konnten, meine Trauer zu überwinden. Deshalb wollte ich dafür sorgen, dass es ihnen gut ging, was natürlich nicht einfach war."

Das Mädchen stoppte, weil es sich gleich über Ventus äußern wollte. Über seine Rettung zu sprechen fiel ihm nicht leicht, weil es sehr emotional für es war. Dann sprach es weiter. „Ich habe viele kleine Jobs gemacht, um möglichst viel Geld zu verdienen. Mir war das Wohl der Tiere auf dem Gnadenhof sehr wichtig. Durch Zufall erfuhr ich von Ventus' drohendem Schicksal. Ich wollte ihn unbedingt retten. Als wir uns zum ersten Mal begegneten, spürte ich schnell, dass wir uns mochten. In diesem Moment war ich sicher, dass wir Freunde werden würden. Ich war geschockt über seinen sehr schlechten körperlichen Zustand. Ihn gesund zu pflegen war nicht einfach gewesen, aber für meinen besten Freund tat ich das gerne. Durch ihn verschwand die ganze Trauer um meine Eltern. Das hätte ich nicht für möglich gehalten. Ich verdanke ihm, dass ich wieder lachen kann. Er hat mir meine Lebensfreude wieder zurückgegeben." Sie umarmte ihn herzlich für eine Weile. Dann wollte sie über zwei sehr schlimme Dinge berichten. Lena überlegte kurz, wie sie das erzählen wollte. Mit ernster Stimme sprach sie weiter.

„Die Schule war für mich die Hölle gewesen. Einige Mitschüler ärgerten mich so gemein, dass ich häufig weinen musste. Sie machten sich über meine Kleidung und andere Dinge lustig. Auch auf dem Heimweg waren sie sehr fies zu mir. Ich musste gemeine Sprüche ertragen. Es gab Tage, an denen ich keine Lust hatte, dort hinzugehen. Ich schwänzte die Schule einige Male, weil es für mich unerträglich war. Ich hasste diesen Ort sehr. Das tue ich immer noch. Die Lehrer taten überhaupt nichts, um mir wirklich zu helfen. Alle meinten, ich solle nicht so empfindlich sein, weil das nur Spaß wäre! Am liebsten hätte ich sowohl diese Mitschüler als auch die Lehrer dafür verprügelt. Leider war ich dazu nicht in der Lage. Meine Tante konnte mir da nicht wirklich helfen, weil sie für mich kaum Zeit hatte. Ich fühlte mich sehr schlecht. Deshalb befand ich mich die meiste Zeit des Tages auf Helens Gnadenhof. Dort konnte ich vieles davon schnell verdrängen und vergessen. Ventus half mir, dass es mir seelisch besser ging. Ohne ihn wäre ich kaputtgegangen." Lena seufzte und schloss kurz die Augen. Diese Erinnerungen hätte sie am liebsten auslöschen lassen. Der Schmerz in ihrer Seele tat ihr sehr weh. Plötzlich musste sie sehr viel weinen, weil es sie sehr mitgenommen hatte. Ventus näherte sich ihr, um sie zu trösten. Er berührte sanft mit seinem Kopf ihre Schulter und nahm wahr, dass Mystic Blue auch kurz Tränen vergoss. Lena brauchte eine Weile, bis sie sich wieder besser fühlte. Es gab noch eine Sache, die sie unbedingt erzählen wollte.

„Ich möchte unbedingt noch eine wichtige Sache loswerden. Es gab zwei Freundinnen, die ihre Freundschaft zu mir verraten haben! Sie heißen Malta und Kati. Bei meinen Problemen in der Schule standen mir die beiden nicht zur Seite. Sie erklärten mir, dass sie nicht selbst Opfer sein wollten! Ich habe viel für die Freundschaft getan und so dankten sie es mir. Aber das Schlimmste war für mich, dass ich nicht mehr von ihnen zu ihren Geburtstagsfeiern eingeladen wurde. Das tat sehr weh. Beide erklärten mir, dass ihre Eltern mich bei der Feier nicht sehen wollten, weil ich aus einfachen Verhältnissen komme.

Dann gab es eine andere schmerzhafte Geschichte. Wegen einer Klassenreise sollte jeder den Namen eines Schülers nennen, mit dem man ein Zimmer teilen wollte. Zu meiner Enttäuschung nannten Malta und Kati nicht meinen Namen. Das fand ich sehr verletzend. Dafür hasse ich die beiden. Aus diesen Gründen ist Ventus für mich der einzige, treueste und beste Freund, den ich habe. Er tröstet mich immer, wenn ich traurig bin. Ich brauche ihn und er mich auch. Deshalb bitte ich darum, dass ich mit ihm in Candelia zusammenleben darf. Mein jetziges Leben empfinde ich als unerträglich und es macht mich sehr unglücklich. Wenn von mir auch ein Opfer verlangt wird, dann würde ich es bringen", schluchzte sie.

Lena schaute das blaue Alicorn bittend an. Ventus wusste, dass ihr Leben nicht einfach war. Aber er hätte nicht gedacht, dass auch sie so viel Schmerz hatte ertragen müssen. Er hätte weinen können, weil er eine vage Vorstellung hatte, wie sie sich gefühlt haben musste. Dann sprach Mystic Blue mit einer freundlichen Stimme zu ihnen.

„Aus meiner Sicht dürft ihr in Candelia zusammenleben. Ihr habt mich überzeugt. Aber es müssen noch ein paar Dinge geklärt werden, bevor das endgültig sicher ist."

„Was muss noch geklärt werden?", fragte Lena verunsichert und verspürte eine Nervosität und innere Unruhe.

„Wenn du hier leben willst, musst du dein altes Leben aufgeben. Das heißt: Wenn du jemandem begegnest, der dich kennt, wird diese Person dich nicht als Lena Walker erkennen. Offiziell würdest du wie Anita als vermisst gelten. Bist du bereit, das zu tun?", gab Mystic Blue zur Antwort.

„Dürfte ich mit meiner neuen Identität auf Helens Gnadenhof mithelfen und arbeiten? Dort werde ich sicher gebraucht. Es ist mir sehr wichtig", sagte das Mädchen.

„Ja, das darfst du. Ich sehe da kein Problem", erklärte das blaue Alicorn und lächelte sie an.

„Dann sage ich, dass ich bereit bin, mein altes Leben aufzugeben. Was sind die anderen Sachen, die noch geklärt werden müssen?" Lena schaute sie fragend an.

„Wenn ihr Bewohner von Candelia werden möchtet, sind die Gesetze und Regeln für euch verpflichtend", antwortete Mystic Blue. „Ihr müsst euch daran halten. Wer das nicht tut, kann hart bestraft werden. Akzeptiert ihr das?", stellte sie die Frage an beide.

„Ja, das wird akzeptiert!", gaben beide zur Antwort.

„Die letzte zu klärende Sache ist, dass ich noch mit dem König reden muss, denn er hat das letzte Wort. Mein Bauchgefühl sagt mir, dass er bestimmt ja sagen wird. Ich bin sicher, dass ich ihn überzeugen werde. Wir sollten jetzt zum Versammlungsplatz fliegen. Dort wird schon auf uns gewartet", meinte das blaue Alicorn.

Einige Minuten später flogen sie zu diesem Ort. Unterwegs machte sich Lena ihre Gedanken. Sie fand es nicht toll, dass sie weiterhin zittern musste, und tippte nervös mit ihren Händen auf die Mähne ihres Freundes.

Ventus spürte ihre Unruhe und sagte zu ihr: „Ich denke, dass es bestimmt klappen wird. Mach dich nicht verrückt."

„Ich hoffe, du hast recht. Seit Mystic Blue die letzte Hürde erwähnt hat, bin ich total unsicher. Ich kann nicht sagen, ob ich ein gutes oder schlechtes Gefühl haben soll", seufzte sie.

Als die beiden Alicorns ihr Ziel fast erreicht hatten, sahen sie, dass fünf große weiße Einhörner sie schon erwarteten. Lena bemerkte schnell, dass alle fünf ein starkes und beeindruckendes Charisma hatten. Ihre Körperhaltung wirkte sehr königlich, ihre Hörner waren golden. Die Mähnen sahen sehr schön aus und funkelten wie Diamanten. Lena sagte zu Ventus: „Ich dachte, dass es nur einen König gibt. Das verwirrt mich."

Er murmelte: „Die fünf Einhörner sind alle Könige. Aber der höchste von ihnen ist König Sapientia. Die anderen heißen König Focus, König Aqua, König Terra und König Kuling."

Nachdem sie gelandet waren, rutschte Lena vom Rücken ihres Freundes. Dann marschierten die drei zu den fünf Einhörnern. Ventus raunte Lena zu: „Bitte verbeuge dich gleich vor ihnen."

Als sie bei den Königen angekommen waren, verneigten sich Lena und Ventus. Das Mädchen bemerkte überrascht, dass Mystic Blue das nicht machte. Sie beobachtete, wie das blaue Alicorn zu König Sapientia ging. Unerwartet marschierten beide zum dreieckigen Felsen und unterhielten sich eine Weile. Lena hatte das Gefühl, dass das Gespräch noch lange dauern würde. Sie legte ihre rechte Hand auf die Schulter von Ventus. Das beruhigte sie. Nun machte sie sich über Mystic Blue Gedanken. Es erstaunte Lena, dass das blaue Alicorn, obwohl es kleiner und deutlich jünger war im Vergleich zu Ventus, trotzdem sehr erfahren war und ein sehr starkes Alicorn sein musste. Das Mädchen vermutete, dass sie die rechte Hand von König Sapientia war.

Plötzlich flog Mystic Blue zu ihr und Ventus. „Der König ist damit einverstanden, dass ihr in Candelia zusammenleben dürft. Herzlichen Glückwunsch. Ich freue mich für euch. Das habt ihr verdient. Über die anderen wichtigen Dinge reden wir später."

Lena umarmte ihren Freund. Dann starrte sie zum Himmel und schrie vor Freude: „Juhu! Ich bin so glücklich!" Anschließend fragte sie Mystic Blue neugierig: „Was müssen wir noch besprechen?"

„Du musst alle Gesetze und Regeln kennen. Das ist sehr wichtig. Wir müssen uns auch noch über deine Ausbildung zur Naturschützerin und eure generellen Aufgaben unterhalten. Mach dir jetzt nicht so viele Gedanken darüber. Ich kann dir sicher sagen, dass es viel angenehmer sein wird als dein altes Leben. Übrigens wirst du auch so ein Haus bekommen, wie Anita es hat. Gleich werdet ihr beide von König Sapientia mit einem Energiestrahl aus seinem Horn getroffen. Da braucht ihr keine Angst zu haben. Wenn das geschieht, seid ihr offiziell Bewohner von Candelia", erklärte ihr das blaue Alicorn und lächelte sie an.

Lena wollte etwas dazu sagen, als sich unerwartet sehr viele Einhörner dem Versammlungsplatz näherten. Sie kamen aus allen Richtungen. Das Mädchen fand den Anblick dieser weißen Zauberwesen sehr schön und war sprachlos. In diesem Moment spürte sie, dass die Luft voller Magie war. Lena empfand sie als wundervoll. Sie machte sie für eine Weile glücklich. Für einen kurzen Augenblick dachte sie, sie träume.

Dann bemerkte das Mädchen Starfire mit Anita auf ihm sitzend, Salva ohne Partner, dessen Namen sie zu diesem Zeitpunkt jedoch noch nicht kannte, und eine Frau auf einem anderen Alicorn, die alle gerade landeten. Jetzt war ihr klar, dass es sich um Susan handeln musste, die sich um den Gnadenhof in der Einhornwelt kümmerte. Anita und Susan stiegen ab.

Lena bemerkte, dass sich die fünf Könige auf der Spitze des dreieckigen Felsens befanden und dass sich die anderen nun verbeugten. Sie und Ventus taten das auch. Aus Neugier schaute sie sich nach Mystic Blue um und sah schon wieder, dass sie die Einzige war, die sich nicht verbeugte. Das verwirrte sie sehr, aber offensichtlich störte es die fünf Könige nicht.

König Sapientia befand sich in der Mitte und wie erwartet schoss er einen goldenen Energiestrahl auf Lena und Ventus ab. Für beide fühlte es sich angenehm warm an. Lena bemerkte an ihrem Körper Veränderungen, aber sie konnte nicht sagen, was das konkret war.

„Wie fühlst du dich? Ich kann das in Worten schwer beschreiben. Aber ich fühle mich sehr glücklich", murmelte sie und guckte ihren Freund freudig an.

„Auch ich verspüre ein schönes Glücksgefühl", raunte Ventus.

Aus dem Nichts erschien Yellow Destiny und beobachtete versteckt zwischen Bäumen das Geschehen. Er lächelte und freute sich für die beiden. Dann erinnerte sich der Löwe an ein Gespräch mit Mystic Blue in seinem Reich.

„Ventus und Lena müssen zusammenleben. Wenn Ventus seine Aufgaben als Alicorn gut machen soll, ist das notwendig. Die beiden gehören zusammen. Die Selbstlosigkeit des Mädchens und ihre Achtung vor der Natur beeindrucken mich sehr. So was gibt es selten und vor solchen Menschen habe ich großen Respekt. Beide haben viel Leid ertragen müssen. Deshalb sollen beide Bewohner von Candelia werden, um Gerechtigkeit zu erfahren", merkte der Löwe an.

„Ja, das sehe ich auch so. Daher steht schon fest, dass Lena und Ventus Bewohner von Candelia werden. Die Frage ist, ob ich es ihnen einfach oder schwer machen soll. Da habe ich mich noch nicht entschieden", sagte Mystic Blue zu ihm.

„Ich finde, dass du es ihnen schwer machen sollst. Man gibt ihnen ein schönes Geschenk, das nicht jeder bekommt. Da sollen Ventus und Lena zeigen, dass sie es auch verdient haben. Ich bin mir sicher, dass beide überzeugende Gründe haben, weshalb sie Bewohner der Einhornwelt werden dürfen", meinte Yellow Destiny zu ihr.

Plötzlich fiel eine große Anzahl kleiner Sterne vom Himmel. Lena und Ventus guckten nach oben. Die fallenden Himmelskörper funkelten sehr schön. Wenn Lena von einem Stern berührt wurde, löste er sich in Luft auf und sorgte dafür, dass sie sich geborgen fühlte. Am Gesichtsausdruck von Ventus ahnte sie, dass ihr Freund das auch so empfand. Ihr wurde in diesem Augenblick bewusst, dass Candelia ihr neues Zuhause wurde. Darüber freute sie sich sehr und hätte jubeln können. Aber sie wollte nicht respektlos gegenüber den Königen wirken.

„Endlich erfahren wir beide Gerechtigkeit", murmelte sie Ventus zu.

„Darüber freue ich mich sehr für uns. Jetzt werden wir beide endlich noch mehr schöne gemeinsame Momente erleben", flüsterte er ihr zu.

Nun schauten beide zu König Sapientia. Er sprach mit einer majestätisch klingenden Stimme zu allen. „Ich möchte euch mitteilen, dass Candelia zwei neue Bewohner hat. Sie heißen Lena Walker und Ventus. Ich wünsche euch beiden ein glückliches Leben hier. Damit sich beide ohne Probleme einleben, erwarte ich von euch, dass ihr alle nachsichtig seid."

Unerwartet wieherten die fünf Könige, genauso die anderen Einhörner und Alicorns. Lena war davon sehr beeindruckt. Sie war sich sicher, dass sie diesen glücklichen Moment niemals vergessen würde. Dann umarmte sie Ventus voller Freude und genoss diesen Augenblick.

Kapitel 6

Lena öffnete die Augen. Sie lag auf ihrem sehr gemütlichen großen Bett. Die Decke fühlte sich angenehm flauschig an und sie hätte noch länger darunter liegen können. Sie hatte das Gefühl, dass alle ihre Wünsche wahr wurden, und konnte ihr Glück immer noch nicht fassen. Nun stand sie auf und machte ihr Bett ordentlich. Das machte sie immer mit Freude, denn es war ihr Heim. Den Geruch ihres Zuhauses fand sie sehr angenehm. Er sorgte dafür, dass sie das Gefühl von Geborgenheit empfand. Es waren nun zehn Tage vergangen, seit sie ihr altes Leben aufgegeben hatte. Das Mädchen konnte sich immer noch nicht an diese Situation gewöhnen. Es setzte sich auf einen bequemen Sessel und dachte an ein wichtiges Gespräch, das es vor ein paar Tagen geführt hatte.

„Du bist die Erste, die ich ausbilde. Deshalb kann ich dir leider nicht sagen, wie lange deine Ausbildung zur Naturschützerin dauern wird", erklärte ihr Mystic Blue.

„Wie sieht meine Ausbildung aus? Wie kann ich mir das vorstellen?", fragte Lena neugierig.

„Du wirst gemeinsam mit Anita und Starfires kleiner Schwester Lukea zweimal in der Woche von mir unterrichtet. Ich bin mir sicher, dass dir die Schule des Lebens gefallen wird. Zu den anderen Tagen werde ich mich noch äußern. Das kommt später. Bald werde ich dir mit Hilfe von Magie Wissen in deinen Kopf übertragen. So sparst du dir das Lernen, da ich das als Zeitverschwendung ansehe. Das muss nicht sein, denn Zeit ist etwas sehr Kostbares. Mit deinen neuen Kenntnissen werden wir uns über wichtige Dinge unterhalten. Zum Beispiel gibt es viel zum Thema Naturschutz zu besprechen. Im Unterricht werden wir praktische Übungen machen. Das wirst du später sicher gut gebrauchen können", antwortete Mystic Blue ihr.

„Das klingt interessant und spannend. Mein Gefühl sagt mir, dass mir die Schule des Lebens gefallen könnte. Was wird denn von mir erwartet? Was sind meine Aufgaben als Naturschützerin?" Lena schaute Mystic Blue erwartungsvoll an.

„Zuerst sollst du gemeinsam mit Ventus einige wichtige Dinge in

Candelia erledigen. Zum Beispiel sollt ihr viele Kontrollen durchführen, um so zu verhindern, dass Feinde eindringen können. Vor ein paar Monaten ist das leider passiert. Das soll nicht wieder geschehen. Ihr werdet das aber nicht alleine machen müssen. Ihr sollt einmal in der Woche jeden wichtigen Bereich besuchen und kontrollieren, ob alles in Ordnung ist. Wenn ihr der Meinung seid, dass etwas nicht stimmt, dann müsst ihr das sofort jemandem mitteilen", gab diese ihr zur Antwort.

„Das klingt für Ventus und mich nicht einfach. Aber wir werden unser Bestes geben. Bedeutet es auch, dass wir irgendwann auch etwas außerhalb von Candelia machen dürfen?"

„Ich bin überzeugt, dass ihr beide euer Bestes geben werdet. Und ich bin sicher, dass ihr auch außerhalb von Candelia unterwegs sein werdet. Wann das sein wird, kann ich euch leider nicht sagen. Bestimmt hast du diese Frage wegen des Besuchs auf deinem Gnadenhof gestellt. Habe ich recht?", lächelte das blaue Alicorn sie an.

Plötzlich spürte Lena auf ihrem Gesicht ein paar Sonnenstrahlen. Daher stand sie auf und näherte sich einem Fenster. Sie schaute mit großer Freude heraus. Der Anblick der Einhornwelt war immer so großartig. Das Mädchen fand, dass die Bäume im Vergleich zu einem normalen Wald viel schöner, weil so natürlich und magisch aussahen. Hier war die Natur total unberührt. Sie hätte sie noch lange betrachten können. Aber ihr war bewusst, dass das nicht ging. Nachdem sie sich im Badezimmer gewaschen, gekämmt und umgezogen hatte, ging sie in die Küche und setzte sich auf einen Stuhl.

„Ich möchte bitte eine große Tasse kalte Milch, zwei Brötchen mit Butter und Nutella bestrichen auf einem Teller, eine Orange und eine Banane zum Frühstück haben", sprach sie in einem respektvollen Ton. Es dauerte nur ein paar Sekunden und das besagte Essen und Trinken tauchte aus dem Nichts auf dem Esstisch auf. Jedes Mal, wenn Lena ihren Wunsch sagte, wurde ihr bewusst, was für ein Glück sie hatte. Sie wäre nicht traurig gewesen, falls sie dieses Haus nicht bekommen hätte. Für sie war nur wichtig, dass sie hier mit Ventus zusammenleben durfte. Das Mädchen hatte das Gefühl, dass es deshalb seine Dankbarkeit für diese zweite Chance auf jede denkbare Art zeigen sollte. Sie sah es als ihre persönliche Pflicht an, das zu tun. Ihre Mutter hatte ihr häufig gesagt, dass es wichtig war, Dank zu zeigen. Sie hatte Lena erklärt, wer darauf achte, werde später im Leben sicher dafür belohnt. Erst in Candelia konnte sie das Leben richtig genießen.

Nun begann sie ihr Frühstück genüsslich zu essen. Nachdem sie damit fertig war, stellte sie alle Sachen ordentlich zusammen. Plötzlich verschwanden die Dinge.

Sie stand auf und guckte wieder aus dem Fenster. Dann überlegte sie, was sie an diesem Tag erledigen wollte. Auf jeden Fall wollte sie ihre magischen Fähigkeiten trainieren. Sie konnte sich mit jedem Tier normal und telepathisch unterhalten. Auch konnte sie durch Berührung einer Sache oder eines Lebewesens vergangene Ereignisse, die in den letzten fünf Tagen geschehen waren, noch einmal als Vision sehen und hören. Lena war auch in der Lage, mit ihren Händen oder Gedanken Gegenstände, Tiere oder Personen zu bewegen oder schweben zu lassen. Das Ganze verdankte sie Mystic Blue.

Nachdem sie sich die Zähne geputzt hat, verließ sie das Haus.

Lena roch wieder diesen zauberhaften Duft in der Luft. Wenn sie ihn wahrnahm, musste sie manchmal an den Moment denken, als sie von Mystic Blue zum ersten Mal nach Candelia gebracht worden war. Auch das erste Wiedersehen mit Ventus verband sie damit. Das alles löste bei ihr ein Glücksgefühl aus. Sie schaute sich nach ihrem Freund um, der gerade noch graste. Als er sie bemerkte, hörte er damit auf und ging zu ihr. Bei ihr angekommen, umarmte sie ihn herzlich und streichelte sanft sein Fell und seine Mähne. Beides fühlte sich jedes Mal so toll an. Das machte sie jeden Morgen. So wollte sie ihm zeigen, dass ihr ihre Freundschaft wichtig war. Ihren Freund musste sie in seiner Alicorngestalt nicht säubern, da er das selbst mithilfe von Magie tat. Lena fand das ein wenig schade. Sie hätte das mit Vergnügen weiterhin gemacht. Dann ließ sie ihn los.

„Wie geht es dir? Hast du gut geschlafen? Ich habe einen schönen Traum gehabt", sagte sie zu ihm.

„Mir geht es sehr gut und ich habe angenehm geträumt. Was unternehmen wir heute?" Ihr bester Freund schaute sie erwartungsvoll an.

„Wir sollten heute den Fluss und den großen Wald im Norden besuchen. Ich möchte danach zu Susan, weil ich mit ihr wieder meine telekinetische Fähigkeit trainieren möchte. So hatte ich mir das gedacht. Was wir danach machen, darüber habe ich mir noch keine Gedanken gemacht", meinte sie zu ihm.

In diesem Moment schnaubte Ventus mit seinen Nüstern ihre Haare liebevoll an. Darüber musste sie immer lachen und fand, dass es in Candelia noch lustiger aussah, wenn er es machte. Das Mädchen vermutete, dass die Magie es noch komischer wirken ließ, und sie musste eine

Weile kichern. Nachdem sie sich beruhigt hatte, flüsterte sie ihm zu: „Jetzt müssen wir wirklich unsere Aufgaben erledigen." Ventus senkte seine Vorderbeine, damit Lena sich auf ihn setzen konnte. Dann schoss er in Richtung Himmel. Neben den beiden wurden diese Kontrollflüge auch von Starfire mit Anita, Salva und sogar von den fünf Königen durchgeführt. Das Überwachen der ganzen Einhornwelt beanspruchte viel Zeit. Candelias ganzes Tal war von Felsen eingekreist und sehr groß. Für Aktivitäten außerhalb des Tales waren Mystic Blue, Susan und True zuständig. Manchmal durften Anita und Starfire Gnadenhöfe besuchen. Beide behandelten schwere Verletzungen von Tieren, für die Menschen verantwortlich waren.

Unterwegs schaute das Mädchen die Flügel ihres Freundes an. Mit Freude beobachtete sie, wie kleine funkelnde Sterne herauskamen. Diesen Anblick fand sie immer so wundervoll. Als Lena und Ventus den Fluss sahen, landete er vorsichtig auf einer Grasfläche. Nachdem sie von seinem Rücken runtergerutscht war, musste sie an ein Gespräch mit Mystic Blue denken. Sie erinnerte sich daran, dass dieses Wasser etwas Besonderes war. Wer daraus trank, konnte von fast allen Krankheiten geheilt werden. Nur bei Freunden und Verbündeten der Einhörner zeigte es seine positive Wirkung. Für eine Weile starrte Lena das Wasser konzentriert an. So wollte sie sichergehen, ob alles in Ordnung war. Sie bemerkte nichts Merkwürdiges, da es ganz klar aussah.

„Ich habe nichts Verdächtiges gesehen. Wir fliegen nun zur Quelle", meinte sie zu ihm.

Während des Fluges behielt sie den Flussverlauf im Auge. Auch dabei entdeckte sie nichts Nennenswertes. Sie nahm ihre Aufgabe sehr ernst. Das tat Ventus ebenfalls. Lena hoffte, dass sie nie etwas Bedrohliches entdecken würde. Aber ihr war bewusst, dass das nicht möglich war. Sie war sich unsicher, ob sie sich dann richtig verhalten würde. Davor hatte sie etwas Angst. Sie wusste, wie sie in einer solchen Situation reagieren sollte. Aber sie konnte ihre Zweifel nicht loswerden. Ihr Freund spürte, dass bei ihr was nicht stimmte. Er fragte behutsam: „Ist alles in Ordnung?"

„Nein. Ich fürchte mich davor, dass wir eine Gefahr entdecken. Es kann ja passieren, dass wir uns da falsch verhalten", antwortete sie ihm nachdenklich.

„Ich verstehe deine Angst. Deshalb müssen wir in dieser Lage ganz cool bleiben, falls sie kommen sollte. Das ist natürlich nicht einfach. Ich habe auch Zweifel. Aber du darfst dich nicht davon verrückt machen lassen. Ich bin mir sicher, dass wir uns als Team richtig verhalten werden. Davon bin ich überzeugt", meinte er zu ihr.

Seine Worte sorgten bei Lena dafür, dass ihre Zweifel langsam weniger wurden. Sie murmelte ihm zu: „Du hast recht. Ich darf mich davon nicht verunsichern lassen. Jetzt sollten wir uns wieder auf unsere Aufgabe konzentrieren."

Nach einer Weile erreichten sie die Quelle und landeten in der Nähe. Lena starrte auf eine große magische Öffnung mehrere Meter hoch in einem Felsen, aus der sehr viel Wasser floss. An der Öffnung bemerkte sie kleine Sterne, die auch niederstürzten. Lena wusste, dass sie dafür verantwortlich waren, dass das Wasser diese zauberhafte Wirkung hatte. Es dauerte nicht lange, bis sie feststellte, dass hier alles in Ordnung war.

„Ich habe nichts Verdächtiges entdeckt. Deshalb sollten wir jetzt den Wald besuchen", sagte sie zu Ventus.

„Ich bin auch der Meinung, dass alles in Ordnung ist. Dann fliegen wir jetzt weiter", stellte dieser fest.

Nachdem beide dort angekommen waren, bewegte sich Ventus zu Fuß weiter. Ihr Ziel war ein großes Tor. Es gab davon in jeder Himmelsrichtung eines. Es waren die einzigen vier Möglichkeiten, wie man zu Lande ins Tal gelangen konnte. Deshalb musste jedes davon regelmäßig kontrolliert werden. Bei diesen vier kritischen Stellen war die Gefahr, dass Feinde eindringen konnten, am größten. Das war vor ein paar Monaten auch passiert. Lena hatte erzählt bekommen, was geschehen war. Das Mädchen erfuhr, dass die Einhörner mit den Engeln befreundet gewesen waren. Wegen dieses freundschaftlichen Verhältnisses ließen sie diese Wesen in Candelia hinein. Dabei wussten sie nicht, dass die Engel in der Zwischenzeit mit Gerlingga zusammenarbeiteten und die Einhörner verrieten. Lena war bewusst, dass sie hier noch gründlicher sein sollte. Aus diesem Grund nahm sie sich viel Zeit dafür.

Als sie angekommen waren, rutschte Lena vorsichtig von Ventus' Rücken. Beide näherten sich dem runden Tor. Es war sehr groß. Zehn Einhörner konnten gleichzeitig hindurchgehen. Nur durch die Berührung mit dem Horn ließ es sich öffnen und schließen. Fohlen waren dazu noch nicht in der Lage. Das Mädchen schaute genau, ob es keine Risse oder Beschädigungen gab. Es war schon einige Male vorgekommen, dass von draußen Feinde versuchten, das Tor aufzubrechen. Der Schutzzauber verhinderte jedoch, dass sie eindringen konnten. Aber diese feindlichen Angriffe sorgten dafür, dass an allen Toren häufig Reparaturen gemacht werden mussten.

Sie schaute gründlich und war froh, dass alles in Ordnung war. Danach kontrollierten sie bei vielen Bäumen des Waldes, ob es ihnen gut ging. Das war auch wichtig, denn alle Pflanzen waren miteinander verbunden. Das bedeutete, wenn es einer von ihnen nicht gut ging, hatte das schlimme Folgen für die anderen. Auch stellten viele von ihnen die Nahrung der Einhörner und Alicorns dar. Die fünf Könige waren für die Heilung zuständig. Es dauerte, wie erwartet, lange. Aber Lena machte diese Kontrollen gerne und machte sich daher nie Stress.

„Wir sind fertig mit den Kontrollen und fliegen zuerst nach Hause. Mein Magen knurrt. Danach werden wir Susan besuchen wegen meines Trainings“, sagte sie zu Ventus.

Nach dem Mittagessen saß Lena auf einem Schaukelstuhl und machte sich über Susan Gedanken. „Soll ich ihr diese persönliche Frage nach ihrem früheren Job stellen? Ich bin mir unsicher, ob ich das tun sollte. Ich werde das spontan entscheiden, ob ich sie frage. Da sollte ich behutsam sein“, dachte sie.

Unterwegs zu Susan grübelte sie eine Weile und konnte sich nicht entscheiden. Beim Gnadenhof angekommen landeten sie. Das Mädchen rutschte vorsichtig von Ventus herunter und schaute sich um. Sie bemerkte, dass True gerade graste. Das Alicorn war der Freund und Partner von Susan und seine dunkelblaue Mähne und sein dunkelblauer Schweif wehten ein wenig im Wind. Die Sonne schien auf seinen weißen Körper und sein silbernes Horn. Beide hatten gemeinsam als Team bei der Rettung der Einhörner gekämpft. Lena erinnerte sich an ein Gespräch mit True.

„Stimmt es, dass du mit Reiko Dessler befreundet warst?“, fragte Lena ihn.

„Ja, sie ist meine Freundin. Reiko hat mir gezeigt, was im Leben wirklich wichtig ist. Ich mag ihre sanfte Art sehr gerne“, schwärmte er.

„Weißt du, wie sie gestorben ist?“, fragte sie mit trauriger Stimme.

Trues Gesicht wurde sehr ernst und er schaute sehr nachdenklich. Das Alicorn überlegte eine Weile, bis es sich zu dieser Frage äußerte. „Ja, ich habe selbst gesehen, wie sie gestorben ist. Willst du das wirklich wissen? Denn die Wahrheit ist sehr grausam.“

Lena grübelte eine Weile darüber nach. Das Mädchen war sich unsicher und seufzte. „Ich habe ein ungutes Bauchgefühl bei dieser Sache. Aber ich kenne Reikos Tante Helen gut und möchte es ihretwegen erfahren.“

„Reiko wurde von diesem widerlichen Zauberer Gerlingga gefangen genommen, nachdem sie verhindert hatte, dass ich von seinen Männern geschnappt werden konnte. Der Magier teilte mir mit, falls ich nicht vor Sonnenuntergang wieder an diesem Platz auftauche und mich nicht gefangen nehmen lasse, würde er sie töten. Mir war klar, wenn ich das tun würde, wäre die Wahrscheinlichkeit groß, dass er sie trotzdem umbringen würde. Gerlingga wollte mich wegen meines Horns ermorden. Aus Freundschaft zu ihr tauchte ich auf und musste beobachten, wie an ihrem Bein ein Seil festgebunden und sie kopfüber an einem Ast eines hohen Baumes aufgehängt wurde. Mir wurde gedroht, falls ich mich nicht sofort ergeben würde, würde Gerlingga einen Energiestrahl auf das Seil schießen und Reiko würde in den Tod fallen. Durch Magie erfuhr ich Jahre später, dass er zu ihr gesagt hatte, wenn ich mich in seiner Gewalt befände, so würde er sie trotzdem kaltmachen. Deshalb beging meine Freundin vor meinen Augen Selbstmord, um mich zu beschützen.

Das war für mich der schlimmste Moment in meinem Leben. Die Trauer über ihren Tod dauerte ein paar Jahre. Dabei kannte ich in dieser Zeit nur die Gefühle Wut, Hass und Schmerz. Erst durch die Begegnung mit Mystic Blue konnte ich mich wieder glücklich fühlen."

In diesem Moment musste Lena weinen. Sie hätte nicht gedacht, dass die Umstände doch zu schlimm waren. Dabei fiel ihr auf, dass True nicht traurig wirkte. Das Mädchen wusste nicht, dass das Alicorn Reiko trotzdem traf und viel mit ihr unternahm. Daher verspürte er keine Trauer mehr, wenn er darüber sprach.

„Das ist grausam! Wie kann man so krank sein? Wurde Gerlingga dafür bestraft?", schluchzte Lena.

„Ja, dieser Abschaum bezahlte das mit seinem Leben. Mystic Blue tötete ihn", antwortete True mit Genugtuung.

Nun betrachtete Lena wieder den Hof, der sehr groß war. Er befand sich in der Nähe eines Waldes. Die Tiere konnten sich alle frei bewegen, da es keine Umzäunungen gab. Alle sahen gesund aus. Aber Lena erkannte deutlich, dass viele von ihnen alt waren. Sie hätte sich gerne mit ihnen unterhalten, um ihre Lebensgeschichte zu erfahren. Aber bislang fehlte die Zeit dafür. Dann bemerkte sie Susan und näherte sich ihr.

„Hallo Susan. Ich bin bereit für das nächste Training mit dir", sagte sie und lächelte sie an.

„Guten Tag Lena. Ich bin mal gespannt, ob du besser geworden bist", meinte sie.

In diesem Moment landete Salva und marschierte zu Ventus. Das Mädchen beobachtete, wie sich die beiden unterhielten.

„Könntest du mir erklären, wie du den Charakter eines anderen erkennst, wenn du ihn anschaust? Woher hast du diese Gabe?“, fragte Ventus seinen Freund.

„Du weißt ja, dass ich auf einem Reiterhof und einem Bauernhof leben musste. An beiden Orten wurde ich sehr schlecht behandelt. Durch diese Umstände hat sich diese Fähigkeit entwickelt und langsam bekam ich einen Blick dafür, zu erkennen, ob jemand sympathisch ist oder nicht. Deine Freundin Lena hat eine herzliche und treue Seele. Das sehe ich auch bei Susan, obwohl es den meisten Leuten nicht auffällt. Da sieht man leider, dass sich Menschen leicht blenden lassen und die Wahrheit nicht erkennen“, antwortete Salva.

Lena wusste, dass beide gute Freunde waren und gemeinsam trainierten. Auch kannte sie Salvas Lebensgeschichte. Sie war noch schlimmer und trauriger als die von Ventus. Als sie sie zum ersten Mal gehört hatte, war sie darüber sehr geschockt gewesen und musste weinen. Lena hatte sehr großes Mitleid mit ihm.

Nun entfernte sie sich mit Susan vom Hof und beide marschierten zu einer kleinen Lichtung. Dort übte sie meistens ihre telekinetischen Fähigkeiten. Susan machte es ihr manchmal vor, wenn es nötig war. Lena wollte wieder versuchen, einen Gegenstand für eine Weile schweben zu lassen. Das Mädchen richtete seine linke Hand auf einen Stein und starrte ihn sehr konzentriert an, ruhig atmend. Es dauerte eine Weile, bis Lena es schaffte, diesen großen Stein für ein paar Minuten schweben zu lassen. Danach trainierte sie das Bewegen von Sachen. Das fiel ihr leichter. Sie konnte damit jemanden unter Beschuss nehmen. Ihr war bewusst, in welchen Situationen sie diese Fähigkeit benutzen sollte. Für Unsinn würde sie das nicht verwenden, da ihr ganz klar war, was Verantwortung bedeutete.

Die Übungen dauerten mindestens eine Stunde. Das Mädchen wollte darin unbedingt gut sein.

Nach dem Training kehrten sie zurück zum Hof. Dort setzten sie sich auf eine Bank und tranken gemeinsam einen warmen Kakao. Susan lobte sie. „Ich stelle erfreut fest, dass du mit jeder weiteren Übung immer besser wirst. Das finde ich toll. Ich bin mir sicher, dass du irgendwann deine telekinetischen Fähigkeiten sehr gut beherrschen wirst. Du kennst ja den Spruch: Übung macht den Meister.“

Lena lächelte darüber, freute sich über das Lob und machte sich über

Susan Bauer ihre Gedanken. Sie kannte die braunhaarige Frau durch Helen. Für viele Besitzer von Gnadenhöfen war sie die letzte Hoffnung gewesen, wenn es darum ging, ein Tier vor dem Metzger zu retten. Susan hatte Tiere bei sich aufgenommen, wenn die anderen es aus Geld- oder Platzgründen nicht konnten. Es war niemals vorgekommen, dass sie eine Bitte abgelehnt hatte. Dafür waren sie ihr sehr dankbar gewesen. Keiner hatte gewusst, wie sie ihr Geld verdient hatte. Auch hatte das keiner herausfinden wollen, da sie so ihre Dankbarkeit zeigen wollten. Das Verhältnis zwischen ihr und den anderen war distanziert gewesen. Wenn Susan mit Leuten zu tun hatte, war es nur um das Wohl der Tiere gegangen. Lena bewunderte sie dafür. „Dürfte ich dich was Persönliches fragen? Es geht um zwei Sachen, die mich schon lange beschäftigen“, murmelte das Mädchen vorsichtig.

„Es kommt auf die Fragen an. Stell sie erst mal und dann sehen wir, ob ich sie beantworten möchte“, antwortete Susan überrascht.

„Ich kann mich noch gut erinnern, dass du, als wir uns das letzte Mal in der Menschenwelt begegneten, alt aussahst. Man sah dir an, dass du vom Leben gezeichnet warst. Aber jetzt bist du eine schöne junge Frau. Wenn ich nicht wüsste, wer du bist, hätte ich dich wahrscheinlich nicht erkannt. Wie ist das möglich?“, fragte Lena behutsam.

„Dcinem Freund Ventus wurde das Angebot gemacht, dass er wieder jung wird, wenn er als Alicorn die Natur beschützt. Bei mir war es so ähnlich gewesen. Deshalb bin ich wieder jung“, antwortete Susan.

„Das hätte ich mir denken können. Jetzt habe ich eine andere Frage. Was hast du denn für einen Job gemacht, damit du alle Tiere auf deinem alten Gnadenhof versorgen konntest? Das konnte mir keiner sagen“, flüsterte Lena.

„Ich werde dir nur umschreiben, was ich gearbeitet habe. Der Grund ist, dass ich dir sehr ungern sagen möchte, was das konkret ist. Bei diesem bleihaltigen Job haben Menschen ihr Leben verloren und ich bin überhaupt nicht stolz darauf. Die lieben Mitmenschen sind dafür verantwortlich, dass es dazu kam, dass ich diese Arbeit gemacht habe. Menschen können wirklich widerlich und sehr fies zu anderen sein. Ich hasse Mobbing. Hier spreche ich aus eigener Erfahrung. Das einzig Positive an dieser traurigen Geschichte ist, dass ich bei der Rettung der Einhörner von Candelia nur mithelfen konnte, weil ich diesen Beruf sehr gut beherrschte. Ohne ihn wäre das nicht möglich gewesen. Mehr möchte ich dazu nicht sagen. Ich hoffe, du hast dafür Verständnis“, seufzte Susan und schaute sehr nachdenklich.

Plötzlich musste Susan weinen, weil das Ganze für sie immer noch eine emotionale Sache war. Lena war davon überrascht.

„Ich habe dafür Verständnis. Es tut mir wirklich leid, dass du deshalb weinen musst. Ich wollte das nicht. Mobbing musste ich leider in meinem alten Leben auch erfahren. Ich weiß, was das für ein schlimmes Gefühl ist", raunte sie ihr zu.

„Es ist in Ordnung, dass du mich gefragt hast. Darüber zu sprechen fällt mir immer schwer. Bislang habe ich nur mit Mystic Blue darüber gesprochen. Auch da musste ich weinen. Es tut mir aber gut, wenn ich mit jemandem darüber rede", schluchzte Susan.

Plötzlich guckte Susan Richtung Himmel und ihr Gesicht wurde sehr ernst. Sie wischte ihre Tränen mit dem Arm weg. Außerhalb des Schutzschildes sah sie ein starkes Unwetter.

„Einige Einhörner befinden sich außerhalb von Candelia. Ich mache mir wegen des Wetters große Sorgen. Jeder von uns sollte zu einem der vier Tore fliegen. Eventuell muss es auch geöffnet werden, falls das nötig ist. Wir sollten jetzt zu unseren Alicorns gehen", meinte sie zu Lena.

Nur ein paar Minuten später flogen Lena, Ventus, Susan, True und Salva los. Die Gruppe begegnete später den Einhornkönigen, Anita und Starfire. Schnell einigten sie sich, wer zu welchem Tor fliegen sollte. König Sapientia und die anderen Könige kümmerten sich um die Tore im Westen und Osten. Susan, True und Salva waren für den Süden verantwortlich. Lena, Ventus, Anita und Starfire flogen in Richtung Norden.

Lena war sehr aufgeregt. Ihr Herz klopfte schneller. So eine Situation erlebte sie zum ersten Mal. Sie wusste nicht, was sie erwarten würde. Das Mädchen tippte mit ihrer Hand unruhig auf die Mähne ihres Freundes.

Ventus bemerkte ihre Nervosität. „Ich bin auch nervös. Wir werden bald sehen, was los ist. Wahrscheinlich ist es doch nicht so dramatisch, wie es befürchtet wird", sagte er.

„Ich hoffe, dass du recht hast. Ich habe bei dieser Sache kein gutes Bauchgefühl", murmelte sie nachdenklich. Als sie ihr Ziel erreichten, landete die Gruppe. Beide Mädchen rutschten vorsichtig von ihren Alicorns herunter. Starfire marschierte zum Tor und berührte es mit seinem Horn, sodass es sich öffnete. Dann sahen die vier mit sehr besorgten Gesichtern, wie stark das Unwetter war. Es sah sehr gefährlich aus, da einige Bäume umgefallen waren. Lena machte sich wegen der Einhörner große Sorgen.

Kapitel 7

Der starke Wind und die vielen Blitze beunruhigten Lena, Anita, Ventus und Starfire sehr. Jeder von ihnen war sich bewusst, dass es Lebensgefahr bedeutete, wenn man da noch unterwegs war.

Plötzlich kamen sehr viele Einhörner zum Tor gerannt. Lena zählte über fünfzig Tiere, die hereinliefen. Dann näherten sich den beiden Mädchen zwei Einhornstuten. Lena bemerkte, dass beide sehr besorgt aussahen.

„Unsere Töchter haben wir auf der Flucht vor dem Unwetter aus den Augen verloren. Das geschah leider in der Nähe des Gebietes, wo die Wesen der Dunkelheit leben. Wir machen uns sehr große Sorgen. Wir bitten euch, nach den beiden zu suchen", sprach eine der beiden Mütter mit zittriger Stimme.

Lena wusste, wenn ein Einhorn von den Wesen der Dunkelheit gefangen genommen würde, bedeutete das seinen sicheren Tod. Sie musste innerlich mit sich kämpfen. Ihr Verstand sagte, dass sie nicht suchen sollte. Es bestand die Gefahr, dass sie Ventus in Lebensgefahr brachte. Das wollte sie auf gar keinen Fall. Aber ihr Herz wusste, dass sie diese Bitte nicht ablehnen konnte. Deshalb guckte sie zu ihrem Freund. „Ich möchte nach den beiden Einhornfohlen suchen. Willst du das auch?", fragte sie ihn.

„Ja, ich möchte auch nach ihnen suchen. Mir ist bewusst, dass das gefährlich ist", antwortete er, ohne viel darüber nachzudenken.

In diesem Moment mischte sich Anita in die Unterhaltung ein. „Wir müssen zuerst Verstärkung holen. Erst dann können wir die Suche beginnen. Mit unseren beiden Alicorns nach ihnen zu suchen, wäre unvernünftig und zu gefährlich."

„Dann hol die anderen. Ventus und ich bleiben hier und schließen das Tor, wenn keine Einhörner mehr kommen", meinte Lena.

„In Ordnung, so machen wir das", stimmte Anita ihr zu.

Nachdem sie und Starfire weggeflogen waren, schaute Lena Ventus sehr ernst an.

„Wenn wir warten, kostet das vielleicht zu viel Zeit. Ich würde am liebsten jetzt die Suche beginnen. Mir ist klar, dass das eine unvernünftige Idee ist. Aber ich mache mir wegen der Fohlen große Sorgen. Wie siehst du das?“

Ventus dachte eine Weile darüber nach. Ihm fiel es schwer zu entscheiden, wie sie jetzt handeln sollten. Dann wurde ihm klar, was er tun wollte. „Lass uns nach den beiden suchen. Ich weiß, dass das keine gute Entscheidung ist. Aber ich mache mir auch Sorgen.“

Plötzlich hörten beide die Stimme einer der beiden Einhornmütter. „Wir danken euch, dass ihr das tun möchtet. Aber wir denken, dass ihr warten solltet, bis Verstärkung kommt. Es wäre unverantwortlich, wenn ihr jetzt losfliegen würdet. Bei diesem Wetter solltet ihr unbedingt noch warten, bis die Lage sich gebessert hat.“

„Das stimmt leider, was das Wetter betrifft. Deshalb werden wir warten. Ich hoffe, dass die anderen bald kommen“, pflichtete Lena ihr bei.

In der Zwischenzeit kamen noch ein paar Einhörner zum Tor gerannt. Lena sah, dass das Unwetter weitergezogen war. Aber sie war beunruhigt, weil Anita und Starfire mit den anderen immer noch nicht aufgetaucht waren.

Das Mädchen guckte seinen Freund sehr nachdenklich an. „Wir müssen jetzt nach den beiden Einhörnern suchen. Ich habe das ungute Gefühl, dass sie sich in Gefahr befinden. Wir können nicht weiter warten. Ich befürchte, dass wir zu spät kommen werden.“

Ventus nahm ihren besorgten Gesichtsausdruck wahr. Das Alicorn grübelte, aber es fiel ihm nicht leicht, eine Entscheidung zu treffen. Es hörte auf sein Herz. „Eigentlich sollten wir warten. Aber wir müssen in meinen Augen wirklich losfliegen. Die Zeit läuft uns davon.“

Einige Minuten später befanden sich beide schon in der Luft. Lena fragte sich, ob sie das Richtige taten. Sie war sich sehr unsicher. Den Gedanken, dass den zwei Einhörnern etwas Schlimmes passiert sein könnte, wollte sie am liebsten verdrängen. Aber es gelang ihr nicht. In ihrem Inneren herrschte eine große Unruhe.

Ventus hatte als Alicorn die Fähigkeit, mit seinem Horn andere Einhörner zu finden. „Ich weiß nun die Richtung, wo wir die beiden Fohlen finden sollten“, sagte er.

Während des Fluges bemerkte Lena, dass die Umgebung unheimlicher wurde. Sie hörte und sah keine Tiere, die Bäume wirkten leblos auf sie. So wusste sie, dass sie sich bald im Gebiet der Wesen der Dunkelheit befinden würden. In diesem Moment fühlte sie sich sehr unwohl. Aber sie verspürte keine Angst, da sie sich um die Fohlen sorgte. Ventus bemerkte das.„Ich habe auch ein mulmiges Gefühl. Es wäre naiv zu sagen, dass alles gut gehen wird. Ich kann dir nicht sagen, wie das enden wird."

Ihr fiel nichts ein, was sie dazu äußern konnte. Nach einer Weile befanden sie sich in einem anderen Waldgebiet. Die Gegend wirkte sehr düster und bedrohlich. Lena erkannte, dass sie sich im Gebiet dieser finsteren Gestalten befanden. Deshalb wurde sie wachsamer und schaute sich sehr konzentriert um. Ihr war klar, dass jeder Fehler schlimm enden könnte.

Unerwartet hörte sie Ventus' Stimme. „Ich werde gleich landen, weil ich kein Risiko eingehen möchte. Wir könnten in der Luft schneller entdeckt werden. Mein Horn sagt mir, dass sich die zwei Einhörner in unserer Nähe befinden müssen."

Nachdem er gelandet war, ging es auf dem Boden weiter. Die Sonne begann langsam unterzugehen. Lena hätte diesen Ort am liebsten schnell wieder verlassen. Sie verspürte eine emotionale Kälte und atmete unruhig. Auch bei ihrem Freund bemerkte sie Unruhe. Das Horn von Ventus teilte ihm mit, dass sie sich ganz in der Nähe der beiden Fohlen befanden. Deshalb bewegte er sich möglichst leise in guter Deckung, indem er sich ihnen langsam von Baum zu Baum näherte. Als sie endlich die zwei gefunden hatten, waren sie geschockt von dem, was sie zu Gesicht bekamen. Beide lagen gefesselt am Boden einer Lichtung und trugen Metallringe um die Hälse. Diese sorgten dafür, dass sie ihre Kräfte nicht verwenden konnten. Auch wurde ihnen das Maul zusammengebunden. Zehn Hexen in schwarzer Kleidung starrten die verängstigten Einhörner an und grinsten fies.

„Ihr werdet schmerzlos getötet! Wir hätten euch schlimme Schmerzen antun können, aber wir wollen endlich so schnell es geht eure Hörner haben", sprach eine von ihnen mit einer sehr bedrohlichen Stimme zu den beiden Fohlen. Das Mädchen war sich bewusst, dass es cool bleiben musste. In Panik zu geraten brachte gar nichts. Aber es fiel ihm sehr schwer, das auch zu tun. Lena musste sich richtig zusammenreißen. Ihr Herz klopfte schneller. Sie und Ventus mussten sich entscheiden. Entweder sie überließen die beiden Einhörner ihrem Schicksal oder sie griffen ins Geschehen ein. Bei der letzteren Option war sie sich bewusst, dass sie und ihr Freund dabei getötet werden konnten.

Ihre Wahl stand fest. „Ich kann nicht zulassen, dass sie gleich getötet werden. Ich kann nicht damit leben, beide im Stich zu lassen. Aber ich kann dich nicht dazu zwingen, sie mit mir zusammen zu retten. Mir ist klar, dass wir sterben können, wenn wir sie befreien wollen", sprach sie telepathisch mit ihm.

„Ja, ich möchte ihnen das Leben retten. Wenn ich nicht eingreife, habe ich diese magischen Fähigkeiten nicht verdient. Mein Herz sagt mir, dass ich sie retten muss. Mir ist auch die mögliche Konsequenz für uns beide bewusst. Wir müssen die Hexen entweder außer Gefecht setzen oder töten. Das sind die einzigen Möglichkeiten, die wir haben. Ich habe schon einen Plan. Mit meinem Horn kann ich sie für eine Weile blenden, sodass sie blind sind. Du kannst sie dann mit deiner telekinetischen Kraft mit Steinen oder anderen Dingen angreifen", schlug Ventus vor.

„Dein Plan klingt gut überlegt. Ich hoffe, dass er klappt. Bei Hexen muss man leider mit vielem rechnen. Das weiß ich durch die Schule des Lebens. Das Risiko, dass etwas schief gehen könnte, müssen wir eingehen", sagte sie.

Lena rutschte möglichst leise von Ventus' Rücken herunter und schaute sich das Geschehen noch einmal konzentriert an. Das Mädchen atmete langsam. „Ich bin für den Angriff bereit", sagte sie entschlossen.

Ventus spürte, dass jeder seiner Muskeln sehr angespannt war. Er guckte Lena noch mal an, die ihm kurz zunickte. Nun sprangen beide aus ihrem Versteck und das Alicorn setzte sofort seinen Verblendungsangriff ein. Sein Horn leuchtete für eine Weile hell wie die Sonne. Fast alle Hexen konnten eine Zeit lang nichts sehen. Aber eine von ihnen konnte schnell mithilfe ihrer Magie ihre Augen davor schützen. Beide bemerkten das nicht, da diese Hexe so tat, als würde sie nichts sehen können.

Ventus schoss mehrere Energiestrahlen aus seinem Horn auf ihre Gegner. Fünf von ihnen fielen tot zu Boden.

Lena wollte gerade mit ihrer telekinetischen Fähigkeit mehrere Steine auf ihre Feinde schleudern, da bemerkte sie zu spät, dass die eine Hexe Ventus mit vielen schwarzen Energiestrahlen aus ihren Händen unter Beschuss nahm. Er war davon so überrascht, dass er nicht rechtzeitig darauf reagieren konnte. Ventus wurde tödlich getroffen und brach zusammen. Er war nicht mehr in der Lage, sich zu bewegen.

„VENTUS! NEIN!", schrie das Mädchen geschockt.

Die Hexe näherte sich ihm und freute sich. „Tja, dumm gelaufen und deshalb wirst du mit deinem Leben bezahlen! Das Gift in deinem Körper wirkt langsam und qualvoll. Bald wird es mit dir zu Ende gehen. Es gibt auch kein Gegenmittel, das dich retten könnte. Da werden bald drei Einhörner ihr Leben verlieren", sprach sie mit fieser Stimme.

Die Hexe lachte laut darüber. Das machte Lena so sauer, dass sie mit ihrer Telekinese mehrere Steine auf sie warf. Aber die Hexe konnte sie problemlos abwehren.

Plötzlich konnten die anderen Hexen wieder sehen und das Mädchen erkannte in diesem Augenblick, dass es gescheitert war. Sie hätte weinen können. Aber das wollte sie nicht.

Unerwartet schoss die Hexe schwarze Energiestrahlen auf Lena und wollte auch sie töten. Das ging so schnell, dass sie nicht in der Lage war, darauf zu reagieren. Sie nahm alles in Zeitlupe wahr. Es wirkte für sie wie ein Traum. In diesem Augenblick wurde ihr bewusst, dass sie sterben würde.

Sie dachte an diesen schönen Moment, in dem sie Ventus nach seinem Tod in der Einhornwelt wiedergesehen hatte. Blitzartig tauchte eine durchsichtige Scheibe vor ihr auf, die sie vor dem Angriff schützte. Lena guckte überrascht, als sie bemerkte, dass sie gerettet war. Die Scheibe löste sich in Luft auf. Dann nahm sie wahr, dass sich die Hexen unruhig verhielten. Plötzlich erschien ein schwarzes Alicorn mit rot leuchtenden Augen.

„Nein! Das ist Black Hoof!“, schrien alle Hexen voller Furcht.

Black Hoof befand sich in der Hierarchie der finsteren Wesen an zweiter Position. Der erste Rang wurde von einem pechschwarzen Riesen ohne Gesicht besetzt. Er sah wie ein großer lebendiger Schatten aus. Inoffiziell war Black Hoof die Herrscherin der Dunkelheit. Ihre Kaltblütigkeit und Brutalität waren sehr gefürchtet.

„Offensichtlich seid ihr alle schwerhörig! Ich habe eindeutig den Befehl gegeben, dass das Fangen und Töten von Einhörnern verboten ist! Ich bin stinksauer. Das werdet ihr jetzt zu spüren bekommen“, sprach sie mit tiefer, aggressiver Stimme zu den Hexen.

Lena sah, dass sich die Hexen vor dem schwarzen Alicorn fürchteten. Sie zitterten vor Angst. Dann beobachtete sie, wie Black Hoof verschwand. Das Mädchen hörte Huftritte. Plötzlich tauchte das dunkle Zauberwesen wieder auf. Sie bemerkte überrascht, dass die Hexen zu Boden fielen und nicht mehr atmeten. Sofort rannte sie zu Ventus und kniete sich zu ihm. Sie legte seinen Kopf auf ihre Beine und fing an zu weinen.

„Es tut mir so leid. Ich hätte das mit der Hexe rechtzeitig bemerken müssen“, schluchzte sie verzweifelt und viele Tränen kamen aus ihren Augen.

„Lena ... du hast keine Schuld. Ich bin unvorsichtig gewesen. Ich bitte dich, dass du dir später keine Vorwürfe machst. Du sollst wissen, dass unsere gemeinsame Zeit die schönsten Momente in meinen Leben waren", flüsterte er ihr mit sehr schwacher Stimme zu. Ventus fiel es schwer, weiterzureden. Er hatte Schwierigkeiten mit dem Atmen und spürte, dass es gleich mit ihm zu Ende gehen würde.

Plötzlich näherte sich Black Hoof den beiden. Das schwarze Alicorn berührte mit seinem Horn Ventus' Körper. Es leuchtete für eine Weile gelb. Lena fragte sich, was das bringen sollte. Sie erinnerte sich noch an die Äußerung der Hexe, dass es kein Gegenmittel gab.

Als Black Hoof fertig war, entfernte sie sich von den beiden. Ventus spürte eine angenehme Wärme und dachte, dass er jetzt sterben würde. Aber zu seinem Erstaunen war er wieder gesund und konnte problemlos aufstehen. Sowohl Lena als auch ihr Freund konnten erst langsam begreifen, was da eben passiert war. Dann umarmte sie ihn intensiv und fühlte sich erleichtert.

„Ich bin so froh, dass du gerettet wurdest. Ein Leben ohne dich kann ich mir nicht vorstellen", murmelte sie ihm zu.

Da bemerkten beide, dass Black Hoof zu den zwei gefesselten Fohlen marschierte. Das schwarze Alicorn berührte mit seinem Horn die Fesseln und danach die Metallringe. Es dauerte nur ein paar Sekunden und die Seile lösten sich in Luft auf. Die Ringe fielen zu Boden. Die beiden Einhörner standen sofort auf und guckten ebenfalls sehr überrascht.

Nun sprach Black Hoof mit einer tiefen und ernsten Stimme: „Ich möchte, dass ihr mir folgt. Wenn wir unterwegs sind, wird kein Wort gesprochen, das verbiete ich. Auch erlaube ich nicht, dass Fragen gestellt werden. Vergesst nicht, wo ihr euch zurzeit befindet. Dann lasst uns losgehen."

Lena, Ventus und die beiden Einhörner taten, was sie von ihnen verlangte. Alle hatten großen Respekt vor ihr.

Während sie marschierten, war Lena immer noch etwas verwirrt. Sie war überzeugt gewesen, dass alle finsteren Gestalten eine Gefahr für Einhörner darstellten und generell böse waren. Das Mädchen war Black Hoof sehr dankbar, dass sie Ventus das Leben gerettet hatte. Aber sie war sich unsicher, ob sie Freund oder Feind war. Weiter irritierte sie die Tatsache, dass die Herrscherin der Dunkelheit ein Alicorn war. Das fand sie verrückt. Außerdem verblüffte es sie, dass die Körpergröße nichts darüber aussagte, wie stark jemand wirklich war. Das dunkle Fabelwesen war kleiner als ihr Freund.

Lena überlegte, wohin die Gruppe gebracht werden könnte. Sie hatte keine Vorstellung und diese Ungewissheit beunruhigte sie ein wenig.

„Denkst du, dass Black Hoof etwas Schlimmes mit uns vorhat? Ich kann mir das schwer vorstellen", redete Lena unauffällig telepathisch mit ihrem Freund.

„Ich bin der Meinung, dass sie nichts Furchtbares mit uns vorhat. Sie hat mir das Leben gerettet und die Einhornfohlen befreit. Das würde sonst keinen Sinn haben. Aber sicher bin ich mir nicht. Ich hoffe, dass wir es bald erfahren", meinte Ventus.

Während sie gingen, wurde die Gruppe von vielen Wesen der Dunkelheit beobachtet. Ihre Blicke machten Lena Angst und sie war sich sicher, dass diese Gestalten ihren Freund und die Fohlen am liebsten tot gesehen hätten. Das Mädchen erkannte, dass sie sich vor Black Hoof fürchteten, wenn das schwarze Alicorn sie mit seinen rot leuchtenden Augen anstarrte. Nur deshalb wagten sie es nicht anzugreifen. Lena war sicher, dass die Herrscherin der Dunkelheit sehr stark sein musste.

Einige Zeit später landeten ein großer zweibeiniger schwarzer Werwolf und eine zweibeinige schwarze Katze vor ihnen. Beide hatten sehr große und beeindruckende Flügel. Die Gruppe hielt an. Lena bemerkte schnell, dass der Werwolf einen Mann und die Katze einen Jungen festhielt. Beide befanden sich in einer Art Halbschlaf.

Der Werwolf sprach zu Black Hoof: „Dieser Mann hat vor einiger Zeit seine Seele verkauft, weil er ein reiches Leben haben wollte. Heute ist der Tag gekommen, an dem er den Preis für diesen Deal bezahlen muss."

Nun äußerte sich die Katze: „Der Junge hat seine Seele verkauft, da er ein reicher und berühmter Sänger werden wollte. Seine Dummheit und Naivität haben dazu geführt, dass er diesen Deal schnell und ohne zu überlegen gemacht hat. Möchtest du beide selbst in die Tiefe hineinschmeißen?"

Das schwarze Alicorn überlegte eine Weile, dann sagte es: „Ich habe noch eine wichtige Angelegenheit zu erledigen. Die kann nicht warten. Deshalb muss ich leider darauf verzichten." Und zu der Katze gewandt: „Slick, ich möchte, dass du diese beiden widerlichen Personen in das Loch hineinbeförderst. Sei bitte sehr brutal zu ihnen, das haben beide auf jeden Fall verdient. Savage, übergib Slick den Mann und bleibe bitte hier, da ich deine Hilfe brauche."

Black Hoof starrte den Mann und den Jungen mit einem verachtungsvollen Blick an. „Ihr beide seid sehr dumm, dass ihr eure Seelen verkauft habt! Das werdet ihr noch bereuen, wenn ihr bald in das Loch hineingeschmissen werdet, wo auf euch ein interessanter Ort wartet.

Dort werdet ihr wie Sklaven jeden Tag sehr schwere und harte Arbeit erledigen müssen. Euch wird ein schmerzvolles, unglückliches, hoffnungsloses, knallhartes und freudloses Leben erwarten. Ihr werdet in minderwertige Wesen verwandelt, damit eure Arbeit noch angenehmer sein wird. Ihr Idioten solltet euch darüber freuen."

Lena und Ventus guckten sehr erstaunt, nachdem sie die Erklärung des schwarzen Alicorns gehört hatten. Plötzlich erkannten beide den Mann. Es war der Bauer Augustin, der Ventus ursprünglich zum Metzger hatte bringen wollen! Lenas Freund musste deshalb an eine unangenehme Situation denken.

„Du nutzloses Vieh! Du bist viel zu langsam und zu nichts zu gebrauchen! Daher werde ich dich zum Metzger bringen! Dort kann ich aus dir noch Geld machen." Herr Augustin schlug ihn brutal mit der Peitsche.

Als Alicorn hatte Ventus keine Angst vor ihm und hasste diesen Mann. Er hatte auf seinem Bauernhof immer sein Bestes gegeben. Aber er wurde trotzdem häufig geschlagen, obwohl er immer an seine Grenzen gegangen war. Auch erinnerte er sich daran, dass die anderen Tiere durch den Bauern Schmerzen hatten erleiden müssen. Es hatte ihm Spaß gemacht und er hatte sich sehr über ihr Leid gefreut. Ventus hatte einige Male erlebt, wie er Pferde zum Metzger gebracht hatte. An den Gesichtern seiner Artgenossen hatte er deutlich erkannt, dass sie Angst hatten und nicht sterben wollten. Sie hatten sich verzweifelt gewehrt und waren deshalb brutal mit einem Stock geschlagen worden. So war der Transport zum Tod nicht schwierig gewesen. Das Alicorn freute sich innerlich, dass er jetzt für sein brutales und ekelhaftes Verhalten teuer bezahlen würde.

Auch Lena hatte für Herrn Augustin gar kein Mitleid übrig und fand es gut, was mit ihm geschehen würde. Plötzlich erkannte sie den Jungen. Er war einer von vielen Schülern gewesen, die ihr den Schulbesuch zur Hölle gemacht hatten. Sein Name war Sami. Sie hasste ihn sehr, denn sie hatte häufig gemeine Äußerungen von ihm hören müssen. „Schaut doch, wer da kommt. Da sind ja das Bettlerkind, die dumme Tierfreundin und die Heulsuse Lena."

Nun musste sie an eine Situation denken, bei der sie eine große Wut verspürte. Unterwegs nach Hause hatte Sami ihr eine Kette mit einem Einhorn vom Hals gerissen und sie in den Fluss geworfen. Das war das letzte Geschenk ihrer Mutter gewesen, bevor sie gestorben war. Er hatte sich für diese Sache nie entschuldigt und das Ganze auch noch lustig gefunden. Lena hatte ihm das niemals verzeihen können, weil die Kette einen sehr großen Wert für sie hatte. Man konnte sie nicht ersetzen. Daher empfand sie kein Bedauern über das, was ihm bald passieren würde.

Lena und Ventus verspürten eine große Genugtuung. Beide kamen zu der Erkenntnis, dass es im Leben Gerechtigkeit geben konnte. Ventus dachte an eine Bemerkung von Yellow Destiny: „Wer anderen gerne Leid antut, wird sicher irgendwann dafür bezahlen. Es ist unvermeidbar."

Der Werwolf übergab der Katze den Mann. Unerwartet näherte sich Black Hoof dem Bauern Augustin und verpasste ihm mit ihren Hinterbeinen einen starken Tritt in den Bauch. Er schrie vor Schmerz. Danach war Sami an der Reihe. Der Junge bekam mehrere Tritte gegen seine Knie. Auch er jammerte vor Schmerz.

„Slick, du sollst jetzt beide wegbringen. Ihre Anwesenheit widert mich an", sagte das schwarze Alicorn zur Katze.

Black Hoof guckte nun zu Lena, Ventus und den zwei Einhörnern. Sie klang überraschend freundlich, als sie sagte: „Savage wird die beiden Fohlen vorsichtig tragen. Es wird bald dunkel. Deshalb möchte ich euch so schnell es geht nach Hause bringen."

Lena guckte sehr erstaunt, als sie das hörte. Damit hatte sie nicht gerechnet. Sie redete sehr respektvoll zu Black Hoof: „Ich möchte mich bedanken, dass Sie mein Leben, das Leben meines Freundes und die Einhornfohlen gerettet haben."

Das schwarze Alicorn lächelte kurz. „Ich habe das zur Kenntnis genommen. Wir wollen gleich losfliegen."

Einige Minuten später befand sich die ungewöhnliche Gruppe am Himmel. Das Mädchen beobachtete überrascht, dass Savage die beiden Fohlen sehr behutsam festhielt. Die jungen Einhörner wirkten entspannt und hatten keine Angst vor dem Werwolf. Lena fand diesen Anblick befremdlich. Dieser Tag sollte sowohl bei Lena als auch bei Ventus einen bleibenden Eindruck hinterlassen.

Ihr wurde bewusst, dass sie noch viel über das Leben lernen musste. Lena fragte sich immer noch, wie es möglich war, dass ein Alicorn Herrscherin der Dunkelheit sein konnte. Das Mädchen hätte Black Hoof so gerne gefragt. Aber sie traute sich nicht, da sie großen Respekt vor ihr hatte.

Die Gruppe landete vor einem der vier großen Tore, die ins Tal von Candelia führten. Das verwunderte Lena und Ventus sehr, beide hatten das nicht erwartet. Der Werwolf legte die zwei kleinen Einhörner vorsichtig ab und lächelte beide freundlich an. Plötzlich verschwanden Savage und Black Hoof rasend schnell in Richtung Himmel, bevor Lena etwas zu ihnen sagen konnte. Der Werwolf kehrte zurück zum Gebiet der Wesen der Dunkelheit. Aber Black Hoof flog zum Schutzschild der Einhornwelt und konnte ihn problemlos passieren.

Nach einer Weile bemerkte Lena, dass sich das Tor öffnete.

Kapitel 8

Als das Tor ganz offen war, kamen König Sapientia, die Eltern der Fohlen und Mystic Blue heraus. Lena lächelte und beobachtete mit großer Freude, wie die zwei Familien wieder vereint waren. Die beiden Fohlen kuschelten mit ihren Eltern. Dieser Anblick gab ihr das Gefühl, dass ihre Entscheidung nicht falsch gewesen war. Nun schaute eine der Mütter herüber und sprach mit großer Freude zu Lena und Ventus:

„Wir danken euch, dass ihr unser Kind gerettet habt."

Dem Mädchen war diese Äußerung unangenehm. Sie fand, dass nicht Ventus und sie die Fohlen gerettet hatten. Am Gesichtsdruck ihres Freundes erkannte sie, dass er das auch so sah.

Dann bemerkte sie die strengen Blicke des blauen Alicorns und des Königs. Das Mädchen guckte zu ihrem Freund und sprach telepathisch mit ihm. „Wir werden bestimmt für unser Verhalten bestraft werden. Ich hoffe, dass sie nicht hart sein werden."

„Egal, wie schlimm die Bestrafung sein wird, wir werden das gemeinsam durchstehen. Ich bin auch bereit, die ganze Schuld auf mich zu nehmen, falls es nötig sein sollte", sagte ihr Freund.

Das blaue Alicorn näherte sich ihnen und sprach in einem ernsten Ton. „Wir werden morgen darüber reden müssen, was heute passiert ist. Ich werde vormittags bei Lenas Haus erscheinen."

„Ich möchte bitte erfahren, was für eine Strafe wir beide bekommen werden. Wir sehen es ein, dass unser Verhalten sehr unvernünftig war. Erst morgen zu erfahren, was passieren wird, gefällt mir nicht. Ich befürchte, dass ich deshalb schlecht schlafen werde", sagte Lena entschlossen zu Mystic Blue.

„Wie kommst du darauf, dass ihr wegen der Rettung der beiden Fohlen bestraft werdet? Es stimmt, dass euer Verhalten nicht gut war. So etwas kann geahndet werden. Aber hier spielen auch die Umstände eine wichtige Rolle. Deshalb war für den König klar, dass ihr keine Strafe bekommen werdet." Mystic Blue guckte sie erstaunt an.

„Darüber bin ich wirklich froh. Aber warum sollen wir morgen darüber reden?", fragte das Mädchen sie verwirrt.

„Ich möchte wissen, was genau passiert ist, als ihr die Einhornfohlen gerettet habt. Eure Erlebnisse könnten vielleicht später nützlich sein. Ich denke, dass ihr beiden jetzt bestimmt zu Lenas Haus fliegen möchtet. Wir sehen uns morgen", gab das blaue Alicorn zur Antwort.

Nachdem Ventus in der Nähe ihres Zuhauses gelandet war, rutschte Lena vorsichtig von seinem Rücken herunter. Dann umarmte sie ihren Freund.

„Als ich dachte, dass du zum zweiten Mal sterben würdest, konnte ich mir ein Leben ohne dich nicht vorstellen. Da wäre es in Ordnung gewesen, wenn mich die Hexe auch getötet hätte. Ich befürchte, dass sich so etwas in Zukunft wiederholen könnte. Davor habe ich große Angst", schluchzte sie.

Ihr Freund wusste in diesem Augenblick erst nicht, was er dazu sagen sollte. Dann sprach er behutsam: „Ich verstehe deine Furcht und kann mir gut vorstellen, wie du dich gerade fühlen musst. Wir müssen in Zukunft vorsichtiger sein. Aber es kann trotz großer Wachsamkeit passieren, dass wir bei einer Rettungsaktion getötet werden. Dessen müssen wir uns immer bewusst sein. Um das zu vermeiden, gibt es nur eine Möglichkeit. Wir machen so was nicht mehr. Möchtest du das?"

Lena hörte auf zu weinen und wischte sich die Tränen weg. Sie musste eine Weile darüber grübeln. „Das ist mein persönliches Problem. Einerseits möchte ich diejenigen retten, die es in meinen Augen verdient haben. Andererseits bist du für mich das Wichtigste in meinem Leben. Deshalb kann ich mich nicht entscheiden. Was soll ich tun?" Sie schaute ihn fragend an.

Beide schwiegen und dachten nach. Nach einer Weile wusste Ventus, was er ihr sagen wollte. „Wenn wir wieder in so eine Situation geraten, muss jeder von uns mit seinem Herzen entscheiden. So möchte ich das tun."

„Ich denke, dass wir das für die Zukunft so machen sollten. Über jeden gemeinsamen ruhigen Moment sollten wir uns freuen. Sie sind für mich so kostbar. Wir sollten bald schlafen gehen. Der heutige Tag hat mich sehr müde gemacht", flüsterte sie ihm zu.

Nachdem Lena in ihrem Haus verschwunden war, leuchtete Ventus' Horn kurz. Er hatte Salva eine Gedankennachricht geschickt, da er mit ihm unter vier Augen reden wollte. Das Alicorn flog zu einem See und wartete, bis sein Freund auftauchte.

Es schaute sich um. Die Einhornwelt in der Nacht zu beobachten fand es immer schön. Ventus blickte mit Freude zum Himmel und sah viele Polarlichter in verschiedenen Farben und Formen. Gleichzeitig gab es einen Sternenregen. Dadurch wurde der Anblick noch wundervoller. Er wusste, dass man ein Naturereignis dieser Art nur in der Einhornwelt beobachten konnte. Dann bemerkte er, dass sein Freund landete und sich ihm näherte.

Ventus berichtete ihm, was er und Lena bei der Rettung der Fohlen erlebt hatten. „Hat dir Yellow Destiny nach deiner Ausbildung auch gesagt, dass du es nie bereuen wirst, von ihm ausgebildet worden zu sein? Hat er auch erwähnt, dass du diese Äußerung irgendwann begreifen würdest?“, meinte er zu Salva.

„Ja, das hat er nach meiner Ausbildung auch so zu mir gesagt. Aber verstanden habe ich es bislang nicht. Ich ahne, was du damit sagen möchtest“, antwortete Salva nachdenklich.

„Ich vermute, es war kein Zufall, dass Lena, die Fohlen und ich das alles überlebt haben. Was denkst du darüber? Hat er seine Pfoten im Spiel gehabt?“ Ventus guckte ihn fragend an.

„Ich bin zum Glück noch nicht als Alicorn in so eine Situation geraten. Aber ich halte es für möglich, dass Yellow Destiny bei eurer Rettung beteiligt war. Du sollst bedenken, wenn Magie benutzt wird, dann ist vieles vorstellbar. Ich habe eine Vermutung, was er mit seinen Äußerungen sagen möchte. Wenn jemand von ihm ausgebildet wird, ist das in vielerlei Hinsicht von Vorteil. Wie das konkret aussieht, weiß ich auch nicht“, antwortete er.

„Du könntest mit deiner Vermutung recht haben. Wurdest du mal von ihm besucht? Weißt du vielleicht, wann er jemanden besucht?“, grübelte Ventus.

„Yellow Destiny hat mich vor ein paar Monaten einmal in Candelia besucht. Wann er so etwas tut, kann ich dir leider nicht sagen. Mein Gefühl sagt mir, dass er nur dann auftaucht, wenn es wirklich wichtig oder notwendig ist. Ich vermute, dass er lieber im Hintergrund bleiben möchte“, erklärte Salva ihm.

„Ich habe das Bedürfnis, mit ihm über die Rettung der Einhornfohlen zu reden. Ich danke dir, dass ich mich noch um diese Zeit mit dir unterhalten konnte. Das ist mir wirklich wichtig gewesen. Ich möchte jetzt schlafen.“

Lena konnte trotz der schlimmen Ereignisse gut schlafen. Für sie spielte es keine Rolle, wie lange ihre Nachtruhe dauerte. Wenn sie wach wurde, fühlte sie sich nie müde. Die Magie von Candelia ermöglichte das.

Nach dem Frühstück saß das Mädchen auf der Bank der Veranda und musste wieder an die Erlebnisse vom Vortag denken. Sie fragte sich, ob sie beim nächsten Notfall auch wieder ihr Leben und das ihres Freundes riskieren sollte. Es herrschten große Zweifel in ihr.

Da näherte sich Ventus. „Guten Morgen, Lena. Ist alles in Ordnung? Möchtest du wegen gestern mit mir reden?“, fragte er vorsichtig.

„Guten Morgen, Ventus. Nein, ich möchte jetzt nicht darüber reden“, murmelte sie nachdenklich.

Die zwei warteten auf das Erscheinen von Mystic Blue. Als sie auftauchte, erzählten beide, was am Vortag geschehen war. Danach äußerte das blaue Alicorn seine Meinung zu diesen Ereignissen: „Ihr habt wirklich Glück gehabt, dass Black Hoof aufgetaucht ist. Wie ihr euch in Zukunft verhalten sollt, kann ich euch nicht sagen. Es hängt wirklich von der Situation ab.“

„Ist Black Hoof gut oder böse? Ich bin mir total unsicher. Warum hat das schwarze Alicorn seinen Leuten verboten, Einhörner zu fangen und zu töten? Das hat mich sehr überrascht. Ich war überzeugt gewesen, dass alle Wesen der Dunkelheit böse sind. Jetzt bin ich völlig verwirrt“, sagte das Mädchen.

„Black Hoof hat Ventus das Leben gerettet und die Fohlen von den Fesseln befreit. Deshalb ist es doch eindeutig, dass sie kein Feind ist. Zum Verbot sollt ihr Folgendes erfahren: Licht und Dunkelheit stellen ein sehr empfindliches Gleichgewicht dar. Das bedeutet: Wenn eine Seite nicht mehr da wäre, müsste die andere Seite zwangsläufig auch aussterben. Ich weiß das, da das in anderen Parallelwelten schon geschehen ist. Sicher ist, dass der Tag kommen wird, an dem Licht und Dunkelheit ihre Kräfte vereinen müssen. Dabei geht es nur um das Überleben beider Seiten. Die Einhörner wissen das und akzeptieren es. Aber leider wollen viele Wesen der Finsternis diese Tatsache nicht annehmen. Es wird leider sehr lange dauern, bis sie ihre Meinung geändert haben“, erklärte Mystic Blue.

Beide guckten sehr erstaunt, als sie diese Erklärung hörten. Dann stellte Lena die Frage: „Heißt das, dass wir die Wesen der Finsternis nur dann töten müssen, wenn es unvermeidbar ist? Du sagtest was über das Gleichgewicht. Werden nur Einhörner als Wesen des Lichtes betrachtet?“

„Alle Bewohner von Candelia sind praktisch als Wesen des Lichts zu sehen. Die Anzahl der Wesen der Dunkelheit ist um ein vielfaches größer als die der Einhörner. Deshalb müsst ihr euch keine Gedanken machen, ob das Töten vermeidbar ist. Ihr sollt auch wissen, dass ich die Worte gut und böse ungern verwende. Man kann nicht einfach das Leben mit diesen beiden Worten beschreiben, weil es zu kompliziert ist. Aus diesem Grund verwende ich lieber Freund oder Feind. Als Beispiel nenne ich die Rettung der Fohlen. Ventus hat ein paar der Hexen umgebracht. Töten ist nicht gut. Aber es gibt Situationen, in denen man Dinge tun muss, von denen man weiß, dass sie schlecht sind. Wenn durch so ein Handeln etwas Schlimmeres verhindert werden kann, ist es noch in Ordnung. Wichtig ist auch, dass das Aussehen nichts über den Charakter aussagt. Ihr habt berichtet, dass der Werwolf die beiden Fohlen behutsam getragen hat und gemeinsam mit euch nach Candelia geflogen ist. Übrigens haben der Werwolf und die Katze bei der Rettung der Einhörner mitgeholfen. Deshalb solltet ihr erst eine Meinung über jemanden haben, wenn ihr sein wahres Gesicht kennt", antwortete ihr das blaue Alicorn. Lena und ihr Freund guckten sehr erstaunt, als sie von der Rettung der Einhörner durch die beiden Wesen der Dunkelheit hörten. Beide waren noch unsicher, ob sie das richtig verstanden hatten. Das Mädchen guckte Ventus kurz an und wusste durch Telepathie, wie er die Sache sah.

„Können wir uns später noch mal darüber unterhalten? Wir möchten uns erst mal alleine damit auseinandersetzen", fragte sie Mystic Blue.

„Ja, ich habe nichts dagegen. Das sollten wir auf jeden Fall tun, weil diese Themen sehr wichtig sind", antwortete sie.

Plötzlich schaute sie Ventus sehr ernst an. „Ich finde, dass jetzt der richtige Zeitpunkt gekommen ist. Du solltest Lena etwas Wichtiges erzählen, was sie nun wissen sollte."

Lena guckte ihren Freund überrascht an und war gespannt, was für eine bedeutsame Sache das sein konnte.

Ihr Freund sah sie nachdenklich an und schluchzte. „Ich muss dir wegen der beiden Jugendlichen, die mich ermordet haben, etwas sagen, das du erfahren solltest. Einen Tag vor unserem Wiedersehen in Candelia habe ich beide ins Jenseits befördert, als sie wieder ein Pferd auf einem Gnadenhof quälen und töten wollten. Ich tat es nicht nur, um meinen Artgenossen zu retten, sondern auch, um mich an ihnen zu rächen! Bevor ich sie tötete, habe ich ihnen auch sehr schlimme Schmerzen zugefügt, damit sie spüren sollten, was ich erleiden musste. Die Qualen, die sie mir angetan haben, waren sogar noch schlimmer gewesen als die bei Bauer Augustin.

Du kannst dir nicht vorstellen, wie schlimm dieses Erlebnis war. Deshalb wollte ich mit dir nicht über diese Schmerzen reden. Beide hatten sich darüber gefreut, als sie mir das Messer brutal in meinen Körper hineinrammten. Sie lachten darüber. Ich hatte einen großen Hass auf sie und wollte ihnen nicht verzeihen. Deshalb habe ich das getan und bereue es gar nicht."

In diesem Moment musste Ventus sehr stark weinen. Ihm war in seinem tiefsten Herzen bewusst, dass das Töten nicht gut war.

Lena näherte sich ihm und umarmte ihn, um ihn zu trösten. „Du bleibst für mich immer noch mein bester Freund. Daran wird sich nichts ändern. Es ist mir egal, ob andere dein Verhalten als schlecht ansehen. Du hast recht, ich kann mir nicht vorstellen, wie schlimm deine Qualen gewesen sind. Aber ich verstehe deine Entscheidung und finde das in Ordnung", flüsterte sie ihm zu.

„Deine Worte tun mir gut. Ich danke dir", raunte er ihr zu.

Als Ventus keine Tränen mehr vergoss, äußerte sich Mystic Blue sehr behutsam. „Ihr solltet wissen, dass einige Bewohner hier keine weiße Weste haben. Ich möchte damit sagen, dass so etwas nicht schlimm ist, wenn die Gesetze und Regeln von Candelia nicht verletzt werden. Übrigens ist meine Weste sehr schmutzig ..."

Das Mädchen und sein Freund starrten das blaue Alicorn sehr überrascht an. Lena hätte das nicht von Mystic Blue gedacht. Sie ahnte, dass es ein sehr schlimmer Fehler wäre, sie zu unterschätzen. Auf den ersten Blick wirkte sie unauffällig und harmlos. Langsam verstand sie, warum man das Leben nicht einfach mit den Worten gut und böse beschreiben konnte. Sie war sich sicher, dass sie über diese Sache noch viel lernen musste. „Gibt es etwas anderes, worüber ihr reden möchtet?", fragte das blaue Alicorn nach einer Weile.

„Wann dürfen wir auch Gnadenhöfe besuchen? Wir möchten auch gerne helfen", kam Lenas Frage sehr schnell.

„Zuerst solltet ihr entweder Anita und Starfire oder Susan und True mindestens einmal bei ihren Besuchen begleiten. Da sollt ihr zuerst Erfahrungen sammeln. Wann ihr alleine unterwegs sein dürft, kann ich noch nicht sagen. Es hängt auch von euch ab. Ihr dürft heute Abend Anita und Starfire begleiten. Falls ihr das tun möchtet, sollt ihr dort nur zuschauen und ihnen später Fragen stellen. Aktiv sollt ihr noch nichts machen", gab Mystic Blue zur Antwort.

Lena lächelte und freute sich auf den Besuch auf dem Gnadenhof. Plötzlich musste sie an den Bauern denken.

„Weißt du vielleicht, was mit den Tieren des Bauern Augustin geschehen ist?", fragte sie neugierig.

„Alle Tiere befinden sich auf Susans Gnadenhof. Sie haben wirklich viel Leid durch ihn erleiden müssen. In Candelia sollen sie die Chance bekommen, ein ruhiges Leben zu führen“, antwortete Mystic Blue.

„Wie wird entschieden, wann ein Tier hier leben darf?“ Lena guckte erwartungsvoll.

„Da spielen viele Dinge eine Rolle. Hier muss ich von Fall zu Fall entscheiden. Wenn das Leid eines Tieres durch den Menschen sehr schlimm ist, ist es wahrscheinlich, dass es in Candelia leben darf“, gab das Alicorn zur Antwort.

Lena erinnerte sich noch gut daran, wie schlecht es den Tieren bei diesem Bauern gegangen war. Sie hatte es erleben müssen, als sie ihren Freund vor dem Tod gerettet hatte. Diese traurigen Blicke würde sie niemals vergessen können. Das Mädchen freute sich, dass sie in der Einhornwelt die Möglichkeit bekamen, sorglos zu leben.

Nach dem Gespräch flogen sie zu Anitas Haus. Unterwegs hatte Lena sich entschieden, dass sie ihre magischen Fähigkeiten noch härter trainieren wollte. So hoffte sie zumindest, solch schlimme Situationen wie die vom Vortag in Zukunft verhindern zu können. Dort angekommen bemerkten beide, dass Anita und Starfire da waren. Lena näherte sich dem anderen Mädchen, das gerade auf einer Bank saß. Ventus marschierte zu Starfire und unterhielt sich mit ihm.

„Hallo Anita. Wir sind gekommen, weil wir euch heute Abend bei dem Besuch auf dem Gnadenhof begleiten dürfen. Ich möchte mich neben dieser Sache auch über zwei andere Themen mit dir unterhalten“, teilte sie ihr mit.

„Hallo Lena. Worüber wollen wir zuerst sprechen?“, sagte Anita zu ihr und lächelte sie an.

Lena setzte sich neben sie und überlegte kurz. „Du und ich gelten als vermisst. Menschen, die dich kennen, sind bestimmt traurig darüber. Was denkst du darüber?“, fragte sie.

„Ehrlich gesagt gibt es niemanden, der darüber traurig sein könnte. Da bin ich mir ganz sicher. Meine Eltern und Großeltern sind tot. Das Verhältnis zu den anderen Verwandten ist nicht toll gewesen. Ich bin mit meinem neuen Leben sehr glücklich. Das alte vermisse ich gar nicht, weil ich viel Leid und Schmerz ertragen musste“, antwortete Anita.

Lena ahnte, wie Anitas altes Leben ausgesehen hatte. Dazu sagte sie: „Bei mir sieht es anders aus. Es gibt eine Person, die darüber sicher traurig ist. Sie heißt Helen und ich möchte sie gerne wiedersehen. Wir mögen uns, denn uns beiden ist das Wohl der Tiere wichtig. Das Problem ist, dass sie mich nicht als Lena Walker erkennen wird, falls ich ihr begegnen sollte. Ich wollte deine Meinung wissen, ob ich sie trotzdem treffen soll."

Anita grübelte einige Minuten darüber. „Das ist eine schwierige Sache. Du solltest bedenken, dass du bestimmte Dinge nicht erwähnen darfst, die mit Candelia zu tun haben. Wenn du das trotzdem tust, bringst du die Einhornwelt in Gefahr. Ich empfehle dir Folgendes: Du solltest auf dein Herz hören und dann entscheiden, ob du sie treffen möchtest."

Lena war sich unsicher, was sie von diesem Vorschlag halten sollte. Nun machte sie sich über eine andere Sache Gedanken. „Als du Starfire und die anderen Einhörner vor den feindlichen Engeln und dem Zauberer beschützt hast, hast du doch bestimmt Gewalt angewendet, oder? Hast du viele Feinde selbst getötet?", fragte sie.

„Ja, ich habe Gewalt angewendet und habe viele von diesen Feinden ins Jenseits befördert. Ich habe keine andere Wahl gehabt, denn ich wollte meinen Freund und seine Artgenossen beschützen. Unsere Freundschaft bedeutet mir sehr viel. Für sein Wohl würde ich alles tun, wenn es wirklich notwendig ist. Ich bereue gar nichts, was ich getan habe. Ich nehme an, dass du diese Frage wegen Ventus gestellt hast. Habe ich recht?", kam Anitas Antwort unerwartet schnell.

Lena war erstaunt, dass sich Anitas Stimme etwas erwachsener anhörte. Zuvor, in anderen Gesprächen, hatte sie das nicht bemerkt. Dann fiel ihr ein, dass Anita einen Teil ihrer Unschuld geopfert hatte. „Ja, du hast recht. Ich frage mich, ob ich das auch tun könnte, wenn ich mich in so einer Lage befinden würde. Daran zweifle ich", sagte sie.

„Damals hatte ich auch gedacht, dass ich so etwas nicht machen könnte. Aber die bedrohliche Lage zwang mich dazu, meine Meinung zu ändern. Durch mein Opfer bekam ich von Mystic Blue für einige Zeit fremdes Wissen, Erfahrungen und weitere Fähigkeiten. Das half mir, richtig mit Pistolen und anderen Waffen umzugehen. Deshalb habe ich keine Hemmungen gehabt. Für mich hatte es zur Folge, dass meine Lebensfreude etwas darunter leiden musste. Das bedeutet, wenn ich mit Starfire etwas aus Spaß unternehmen möchte, spüre ich manchmal dieses unbeschwerte Gefühl nicht mehr. Es ist ein wenig unangenehm. Mit der Zeit habe ich mich daran gewöhnt. Ich hoffe für dich, dass du diesen Schritt nicht tun musst. Deshalb überlege es dir sehr gut, denn es gibt keinen Weg zurück", erklärte Anita ihr.

Lena fand es sehr reizvoll, für ein Opfer mehr Fähigkeiten zu erlangen und verstand einmal mehr, warum Mystic Blue die Worte gut und böse ungern verwendete. Sie begriff, dass das Leben leider kompliziert war. So eine bedeutsame Entscheidung wollte sie vorher mit Ventus besprechen. Seine Meinung war ihr auch wichtig. Sie sah es als große Chance an, so ihren Freund besser beschützen zu können. Ob der Preis für sie zu hoch sein konnte, darüber war sie sich nicht sicher.

„Ich werde mir das Ganze noch mal durch den Kopf gehen lassen. Danach werde ich mich entscheiden, ob ich das wirklich tun möchte. Aber nun sollten wir uns wegen des Besuchs beim Gnadenhof unterhalten. Was müssen Ventus und ich beachten, wenn wir euch begleiten?“, meinte sie zu ihr.

„Das werde ich euch heute Abend sagen. Wir treffen uns hier bei meinem Haus. Am besten kommt ihr, wenn der Sonnenuntergang beginnt“, erklärte Anita.

Nach dem Gespräch flogen Lena und Ventus zu ihrem Haus zurück. Dort unterhielten sie sich über Anitas Opfer. Ventus erfuhr von Lenas Vorhaben, dass auch sie einen Teil ihrer Unschuld hergeben wollte. Ihr Freund starrte sie geschockt an und brauchte eine Weile, bis er begriff, dass sie es ernst meinte.

„Ich finde, dass du das nicht tun solltest. Der Preis ist meiner Meinung nach viel zu hoch. Ich bitte dich, das nicht zu machen. Ehrlich gesagt macht mich das sehr traurig. Ich habe Angst, dass du dann nicht mehr die liebe Lena bist, die ich kenne“, seufzte Ventus.

Lena bemerkte, dass aus den Augen ihres Freundes viele Tränen kamen. Das verunsicherte sie sehr. Das Mädchen war überzeugt gewesen, dass er ihrem Plan zustimmen würde. Sie fragte sich, ob sie ihre Absicht lieber aufgeben sollte. Durch den traurigen Anblick von Ventus fühlte sie sich sehr unwohl und auch ihr kamen die Tränen.

„Es tut mir sehr leid, dass ich dich traurig gemacht habe. Das wollte ich nicht. Ich wollte das für unsere Freundschaft tun“, schluchzte sie.

Sie ließ ihren Gefühlen freien Lauf und weinte heftig.

„Als du als Pferd gestorben warst, war meine Trauer sehr groß gewesen. Ich war sicher, dass ich mich nie wieder glücklich fühlen würde. Das möchte ich nicht noch mal erleben. Was soll ich stattdessen tun? Ich möchte dich unbedingt beschützen. Aber ich kann es nicht“, sagte sie heulend zu ihrem Freund.

Ventus machte es traurig, Lena so zu sehen. Er überlegte angestrengt, bis er eine Idee hatte. „Vielleicht sollten wir mit Mystic Blue darüber reden. Ich hoffe, dass sie uns bei unserem Problem helfen kann“, sagte er unsicher. Lena trocknete mit ihrem Arm ihre Augen. Sie fand seinen Vorschlag gut und meinte: „Wir sollten am besten jetzt zu ihr fliegen. Ich hoffe, dass sie uns wirklich helfen kann."

Einige Minuten später befanden sie sich bereits in der Luft und suchten nach dem blauen Alicorn. Während des Fluges legte Lena ihren Kopf auf den Hals ihres Freundes. Durch seine Körperwärme besserte sich ihre Stimmung. Ihre Traurigkeit verschwand nach einer Weile.

Es dauerte eine Zeit, bis sie Mystic Blue endlich entdeckten. Sie befand sich beim Gnadenhof und unterhielt sich gerade mit Susan.

Kapitel 9

Ventus landete und Lena glitt vorsichtig von ihm herunter. Beide schlenderten zu Mystic Blue. Das blaue Alicorn bemerkte sie und beendete seine Unterhaltung mit Susan. Als die zwei bei ihr ankamen, lächelte Mystic Blue sie freundlich an.

„Hallo ihr beiden. Was kann ich für euch tun?"

Lena und Ventus erzählten abwechselnd die Geschichte von Anitas Opfer und Lenas Vorhaben. Nachdem alles gesagt worden war, dachte Mystic Blue eine Weile darüber nach.

„Ich hätte nicht gedacht, dass der Vorfall von gestern euch so sehr belastet. Eure Sorgen kann ich gut nachvollziehen. Ich habe eine Idee, damit könnte euer Problem gelöst werden. Aber ich habe eine Bedingung, die ihr erfüllen müsst."

Beide schauten sie erwartungsvoll an.

„Was verlangst du von uns? Was müssen wir tun?", fragte das Mädchen neugierig.

„Ihr sollt in Zukunft viel mehr Dinge tun, die euch glücklich machen. In letzter Zeit habe ich kaum gesehen, dass ihr gelacht habt oder fröhlich wart. Das finde ich nicht gut. Ihr sollt euch Gedanken machen, worüber ihr euch freut. Ein Leben ohne Freude ist kein Leben. Deshalb sollt ihr das ändern, so schnell es geht. Das verlange und erwarte ich von euch!", gab das blaue Alicorn zur Antwort.

Die zwei guckten sie sehr überrascht an, weil sie mit so etwas nicht gerechnet hatten. Beide wurden sich nun bewusst, dass das blaue Alicorn recht hatte.

„Wenn wir diese Bedingung erfüllt haben, wie sieht dann deine Lösung für unser Problem aus?" Lena blickte sie fragend an.

„Du wirst von mir eine weitere magische Fähigkeit bekommen. Sie hat einen defensiven Charakter. Du wirst damit in der Lage sein, Ventus besser zu beschützen. Mit ihr kannst du einen Schutzschild erschaffen. Damit kannst du dich selbst oder jemand anderes einhüllen. So seid ihr vor geistigen und körperlichen Angriffen gut geschützt. Der Nachteil ist, dass du dabei selbst keinen offensiven Angriff mit deiner telekinetischen Fähigkeit ausüben kannst. Sie ist auch sehr kraftraubend, wenn du sie anwendest. Deshalb musst du sehr viel trainieren, damit du eine gute Kondition bekommst. Bist du mit dieser Lösung zufrieden?" Mystic Blue schaute sie freundlich an.

„Mir gefällt sie sehr. Es stört mich nicht, dass ich viel trainieren muss. Für das Wohl von Ventus würde ich alles tun. Wann werde ich sie bekommen?", antwortete das Mädchen.

„Erst mal sollt ihr meine Bedingung erfüllen. Wenn ihr mich ehrlich überzeugt habt, bekommst du sie, da kannst du dir sicher sein. Aber ihr könntet trotzdem bei einer Rettungsaktion getötet werden, wenn du diese Fähigkeit benutzt. Hundert Prozent Sicherheit gibt es leider nicht. Das wollte ich klarstellen", merkte sie in einem ernsten Ton an.

„Das muss ich leider akzeptieren. Aber mit dieser Fähigkeit muss ich mir weniger Sorgen um Ventus machen. Das beruhigt mich auf jeden Fall", meinte Lena dazu.

Nach dem Gespräch kehrten beide zurück zu Lenas Haus. Dort aßen beide zuerst ihr Mittagsessen, später machten sie ihren Kontrollflug. An diesem Tag sollte der südliche Teil von Candelia besucht werden. Dort wollten sie unter anderem das große Tor überprüfen, ob alles in Ordnung war. Es dauerte wie erwartet lange. Nachdem sie mit allem fertig waren, flogen sie wieder zu Lenas Heim zurück.

Das Mädchen lehnte sich mit dem Rücken gegen die Veranda und machte sich ihre Gedanken über die Unterhaltung mit Mystic Blue. „Was wollen wir in den nächsten Tagen unternehmen? Worauf hast du Lust?", fragte sie ihren Freund.

„Wir sollten häufiger spät abends wegen der Polarlichter und dem Sternenregen über das Tal von Candelia fliegen. Das finde ich immer sehr schön. Das haben wir in letzter Zeit wenig gemacht", antwortete er.

„Ich fühle mich manchmal am Ende eines Tages müde wegen unserer Aufgaben. Deshalb haben wir das leider nicht so oft getan. Das sollten wir ändern. Es ist ein wundervolles Erlebnis, wenn wir durch den Sternenregen fliegen. Da verspüre ich Freude pur", schwärmte sie.

„Ja, das empfinde ich auch so. Es ist wirklich ein tolles Erlebnis. Wenn wir den Gnadenhof besucht haben, könnten wir auf dem Rückflug wieder durch diesen Sternenregen hindurchfliegen." Er schaute sie mit großer Freude an.

„Ich finde, dass wir das auf jeden Fall tun sollten. Darauf freue ich mich jetzt schon. Wir sollten auch häufiger nur so über die Wälder von Candelia fliegen. Das hat mir immer Spaß gemacht", lächelte sie.

Nach dem Abendessen wechselte Lena ihre Kleidung. Dann ging sie aus dem Haus und starrte zum Himmel. Es war noch nicht dunkel geworden. Noch war es nicht soweit, dass sie losfliegen konnten. Sie näherte sich ihrem Freund. Er graste gerade und hörte damit auf, als er sie sah. Lena umarmte ihn kurz und fragte: „Bist du aufgeregt? Ich bin es ein wenig. Wenn wir unterwegs sind, wird meine Aufregung bestimmt größer werden."

„Ich bin auch etwas aufgeregt. Möchtest du Helens Gnadenhof besuchen, wenn wir hoffentlich bald alleine unterwegs sein dürfen?", fragte er sie.

„Ehrlich gesagt habe ich mir noch keine Gedanken gemacht. Dein Vorschlag gefällt mir. Ich frage mich, wie es Helen geht", äußerte Lena sich nachdenklich.

Als die Sonne endlich unterzugehen begann, flogen beide zu Anitas Haus. Dort wurden sie schon erwartet. Anita saß schon auf Starfire und sprach zu ihnen.

„Wir werden ungefähr eine Stunde brauchen, bis wir den ausgesuchten Gnadenhof erreichen werden. Folgendes müsst ihr unbedingt beachten: Wenn es möglich ist, sollen uns die Besitzer dieser Höfe nicht sehen. Je weniger Menschen von der Existenz der Einhörner wissen, desto besser ist es. Es kann leider passieren, dass jemand unbeabsichtigt verrät, dass er ein Einhorn gesehen hat. Die Folgen können unangenehm werden. Falls ihr von einer Person entdeckt werdet und ihr überzeugt seid, dass diese Person ihr Wissen für sich behalten wird, muss Ventus nicht zwingend den Gedächtnislöschzauber anwenden. Es kann auch passieren, dass ihr einen Hof besucht und das Gefühl habt, dass etwas nicht stimmt. Für euch bedeutet das, dass eure persönliche Sicherheit Vorrang hat. Ihr kehrt sofort nach Candelia zurück und berichtet einem Alicorn oder Susan davon. Habt ihr noch Fragen?"

„Jetzt haben wir noch keine. Dann lasst uns endlich losfliegen. Ich spüre, dass meine Aufregung größer wird", antwortete Lena.

Einige Minuten später waren die vier schon unterwegs. Durch Helen wusste Lena, was sie erwarten würde. Sie fand es schade, dass sie und ihr Freund nur zuschauen durften. Die Hörner der beiden Alicorns leuchteten. Durch die Magie von Ventus spürte Lena den kalten Wind überhaupt nicht. Das Fliegen mit ihrem Freund gab ihr das Gefühl von Freiheit. Nun dachte sie an die Zeit, als sie auf Helens Hof mithelfen durfte.

„Ich habe dafür kein Verständnis. Warum werden Tiere hier abgegeben? Warum tun Menschen das?“, fragte Lena Helen.

„Es gibt viele Gründe. Leider werden mit Tieren schmerzvolle und grausame Versuche für Medikamente und Kosmetik gemacht. Ob das wirklich nötig ist, bezweifle ich. Ich bin der Meinung, dass es bestimmt andere Wege gibt, sodass kein Tier leiden müsste. Nur wenige von ihnen überleben diese Versuche und werden zu Gnadenhöfen gebracht. Dort sollen sie die Chance bekommen, ein normales und angenehmes Leben zu führen. Das haben sie auf jeden Fall verdient“, gab Helen zur Antwort. Es kamen sehr viele Tränen aus ihren Augen, die sie mit ihrem Arm trocknete.

„Das macht mich wütend! Wie können Menschen Tieren so etwas antun? Ich hasse solche Leute! Das sind für mich Monster!“, schluchzte Lena.

„Das Schlimme ist, dass es viele Menschen gar nicht stört. Das macht mich traurig und wütend. Ich hoffe so sehr, dass so was in Zukunft nicht mehr gemacht wird“, seufzte die Frau.

„Was sind die anderen Gründe, warum Tiere hierher gebracht werden?“, wollte das Mädchen wissen.

„Es gibt Fälle, in denen Tiere von ihren ehemaligen Besitzern misshandelt oder als lästig empfunden wurden“, äußerte Helen sich traurig.

„Diese Respektlosigkeit macht mich auch sauer! Aus diesem Grund bin ich lieber mit Tieren zusammen als mit Menschen. Bei ihnen fühle ich mich wohl. Tiere sind immer ehrlich und treu“, sagte Lena.

Nach einer Weile merkte sie, dass sie sich müde fühlte. Es fiel ihr schwer, die Augen offen zu halten. Auch wenn sie einschlafen sollte, bestand keine Gefahr, dass sie von ihrem Freund herunterfallen könnte. Die Magie von Ventus verhinderte das.

„Wir haben bald unser Ziel erreicht“, schrie Anita plötzlich.

Durch Anitas Ausruf war Lenas Müdigkeit mit einem Schlag verschwunden. Sie bemerkte den Gnadenhof. Er befand sich in einer ländlichen Gegend.

Beide Alicorns landeten ein paar Meter entfernt vom Hof. Ihre Hörner leuchteten nicht mehr. Danach ging es auf dem Boden weiter. Es herrschte Vollmond. Als die Gruppe beim Hof angekommen war, bemerkte Lena kein Licht. Das bedeutete, dass der Besitzer entweder nicht da war oder schlief. Sie fand alles so aufregend und ihr Herz klopfte spürbar immer schneller.

„Der Besitzer ist nicht da. Im Haus spüre ich keine Anwesenheit eines Lebewesens. Wir sollten uns trotzdem leise verhalten“, flüsterte Starfire.

„Mir ist klar, dass ihr gerne mithelfen möchtet. Aber ihr sollt erst mal Erfahrungen sammeln. Deshalb sollt ihr nur zuschauen. Das ist auch wichtig. Starfire und ich mussten das auch machen, bevor wir endlich alleine unterwegs sein durften. Ihr dürft euch aber mit den Tieren unterhalten, wenn ihr es möchtet“, murmelte Anita.

Nun näherten sich die vier den Umzäunungen. Lena sah Pferde, Esel, Ziegen, Hunde und andere Tiere. Sie erkannte, dass sich alle in einem schlechten körperlichen Zustand befanden. Der Anblick machte sie traurig. Sie fragte sich häufig, warum Menschen den Tieren so ein Leid antaten. Dann beobachtete sie, wie Anita von Starfire herunterrutschte und beide zu einem Gatter marschierten.

Anita öffnete das Tor und ihr Freund ging hinein. Starfire näherte sich vorsichtig einem Pferdehengst.

„Hab keine Angst. Ich möchte dich gesund machen“, sprach das Alicorn mit ruhiger Stimme.

Dann berührte er mit seinem leuchtenden Horn zuerst den Bauch und danach den Kopf des Pferdes. Lena sah, dass jeweils für eine Weile ein roter Lichtstrahl aus dem Horn strömte und in den Körper des Pferdes eindrang. Beim Betrachten spürte sie die angenehme Wärme dieser Magie. Sie wusste, dass dadurch sowohl die körperlichen als auch die seelischen Verletzungen geheilt wurden. Das Ganze dauerte nur ein paar Sekunden.

Der Hengst guckte erstaunt, als er merkte, dass es ihm wieder gut ging. Er wieherte vor Freude. Dann sagte er respektvoll: „Ich danke dir für das, was du für mich getan hast.“

„Du brauchst dich nicht zu bedanken. Das gehört zu meinen Aufgaben.“ Starfire schaute ihn freundlich an.

Anita ging langsam und behutsam zu einem Hund und flüsterte ihm zu: „Du brauchst keine Angst zu haben. Ich möchte deine Verletzungen heilen.“

Der Hund guckte erstaunt, weil Anita die Sprache der Tiere konnte. Es dauerte nicht lange, bis er ihr vertrauen konnte. Sie kniete sich zu ihm und berührte mit ihren funkelnden Händen gleichzeitig seinen Bauch und seinen Kopf. Lena bemerkte, dass der Hund für eine Weile von einem weißen Licht umhüllt war. Danach war das Tier wieder ganz gesund.

Der Hund wedelte freudig mit dem Schwanz. „Danke, dass du mich geheilt hast. Ich hätte nicht gedacht, dass auch ein Mensch so etwas kann."

„Das habe ich gerne getan. Es gehört zu meinen Aufgaben, Tiere von Verletzungen zu heilen. Deshalb brauchst du dich nicht zu bedanken", wehrte Anita ab.

Lena war auch überrascht, dass Anita so etwas konnte. Einige Zeit später unterhielt sich Lena mit einigen Tieren des Hofes und wollte deren Lebensgeschichten erfahren. Bei allen Erzählungen musste sie entweder weinen oder stand kurz davor.

Unter anderem berichtete ein Dalmatiner dem Mädchen mit trauriger Stimme seine Geschichte.

„Zuerst kümmerte sich ein Junge um mich. Er spielte viel mit mir. Nach ein paar Wochen wollte er nichts mehr mit mir zu tun haben und beschimpfte mich, weil ich ihn stören würde. Ich bekam wenig zu fressen. Der Vater des Jungen verhielt sich auch fies zu mir. Er schlug mich brutal mit einem Stock. Durch die Schläge konnte ich nur noch humpeln und hatte furchtbare Schmerzen am ganzen Körper. Das Schlafen war sehr unangenehm.

Für mich brach eine Welt zusammen. Ich habe mich überhaupt nicht falsch verhalten und verstand nicht, warum beide so gemein zu mir waren. Später wurde ich hierher gebracht. Der Besitzer meines neuen Zuhauses konnte mir leider nicht helfen, damit diese schlimmen Schmerzen weggingen. Deshalb bin ich dem Alicorn so dankbar, dass es mich gesund gemacht hat."

Anita und Starfire brauchten viel Zeit, bis alle Tiere geheilt waren. Danach verließen die vier den Gnadenhof und hielten sich noch in dessen Nähe auf.

„Ich finde es toll, dass du Tiere heilen kannst. Was musstest du tun, damit du diese Fähigkeit bekamst?", sagte Lena zu Anita.

„Ich habe dir doch erzählt, dass sich Starfire bei der Rettung seiner Artgenossen schützend vor mich gestellt hat. Dabei habe ich dir eine wichtige Sache nicht erzählt. Auch ich bekam durch die Kraft der Freundschaft magische Fähigkeiten. Eine davon ist das Heilen von Verletzungen aller Art. Wenn ich möchte, kann ich mich in mein erwachsenes Ich verwandeln. Möchtest du das sehen?", fragte Anita sie.

„Ja, das möchte ich sehen", antwortete Lena.

„Bei der Macht der Freundschaft!", rief Anita.

Es dauerte nur ein paar Sekunden und Anita wurde in ein blaues Licht gehüllt. Nun hatte sie ihre Erwachsenengestalt. Deshalb sprach sie nun mit einer tieferen Stimme. „Nur wenn es die Situation erfordert, verwandle ich mich. Ehrlich gesagt mag ich diese Gestalt nicht. Es ist für mich kein angenehmes Gefühl, erwachsen zu sein. Rückverwandlung!", rief Anita.

Als Anita wieder ihre normale Gestalt hatte, stellte Lena ihr eine weitere Frage. „Was müsste ich tun, damit ich auch diese Heilfähigkeit bekomme?"

„Wenn man diese Fähigkeit haben möchte, muss man bereit sein, etwas Kostbares von sich zu opfern. Ich habe auch hierfür mit einem Teil meiner Unschuld bezahlt. Deshalb überlege es dir gut. Ich empfehle dir, das nicht zu tun. Dein Freund Ventus kann doch heilen und darum brauchst du das nicht", erklärte ihr Anita.

Während des Rückfluges machte sich Lena darüber ihre Gedanken. Nach einer Weile stellte sie fest, dass Anita recht hatte. „Ich hoffe, dass Ventus und ich bald alleine einen Gnadenhof besuchen dürfen. Ich möchte Helen unbedingt wiedersehen", dachte sie.

Nach einer Weile sahen die vier das Tal der Einhornwelt. Lena sprach glücklich zu Ventus: „Gleich werden wir durch den Sternenregen fliegen. Ich verspüre jetzt schon eine große Freude und bin sehr aufgeregt."

„Ich bin auch sehr aufgeregt und meine Vorfreude darauf ist riesig", antwortete er.

Kurz bevor beide Alicorns durch den Schutzschild hindurchflogen, verringerte Ventus sein Tempo und Lena legte ihren Kopf auf die Mähne ihres Freundes und umarmte seinen Hals sanft. Kurz darauf befanden sich beide im Sternenregen. Lena dachte kurz, dass sie träumen würde. Die Flügelbewegungen ihres Freundes sahen hier noch beeindruckender und eleganter aus. Dann nahm sie wieder diesen zauberhaften Duft wahr, der hier noch angenehmer und wundervoller roch. Die Zeit schien langsamer zu laufen.

„Ich fühle mich so glücklich und geborgen. Es ist wirklich ein tolles Gefühl. Das sollten wir häufiger tun", flüsterte das Mädchen.

„Ja, du hast recht. Das ist wirklich wundervoll. Ich fühle mich auch sehr glücklich und geborgen. Wir sollten öfter durch diesen Sternenregen fliegen", murmelte Ventus.

Am nächsten Tag besuchte Mystic Blue Lena und ihren Freund.

Die drei unterhielten sich über den vorherigen Tag und das blaue Alicorn meinte zu ihnen: „Ich habe den Eindruck, dass es nicht lange dauern wird, bis ihr alleine unterwegs sein dürft. Ihr müsst noch einen

Begleitflug machen und dann solltet ihr so weit sein. Der nächste wird heute Abend sein. Es ist möglich, dass ihr in der übernächsten Nacht alleine einen Gnadenhof besuchen dürft."

Das Mädchen freute sich über diese Äußerung. „Falls heute Abend alles gut laufen sollte, wäre es in Ordnung, wenn ich morgen mit Ventus den Gnadenhof von Helen Dessler besuche?", fragte sie.

Das blaue Alicorn schaute sie freundlich an. „Ich habe nichts dagegen. Aber du sollst nicht vergessen, dass du Helen nichts über Candelia sagen darfst! Das ist sehr wichtig!"

„Das werde ich auch nicht tun. Ich weiß von Anita, warum ich das beachten muss. Mir ist auch klar, dass Helen mich nicht als Lena Walker erkennen wird. Das wird bestimmt merkwürdig für mich werden, wenn ich sie treffen sollte. Ich mache mir etwas Sorgen, ob wir sowohl unsere Aufgaben in Candelia als auch bei Helens Gnadenhof zeitlich schaffen", äußerte sich das Mädchen dazu.

„Ich werde mir über deine Sorgen Gedanken machen. Es wird bestimmt eine Möglichkeit geben, dass ihr beides schaffen könnt." Mystic Blue schaute sie freundlich an.

„Ich danke dir, dass du uns helfen möchtest", sagte Lena.

„Übrigens habe ich eine Überraschung für euch. Für den heutigen Tag werde ich ausnahmsweise eure Aufgaben und Tätigkeiten übernehmen. Das ist als Dank für die Rettung der Einhornfohlen gedacht. So möchte ich euch die Möglichkeit geben, Dinge zu tun, die euch Freude machen", lächelte Mystic Blue die beiden an.

Lena und Ventus guckten eine Weile überrascht und beide waren vorübergehend sprachlos. Mit so etwas hatten sie nicht gerechnet.

„Ehrlich gesagt finde ich nicht, dass Ventus und ich die Fohlen gerettet haben. Deshalb haben wir diese Belohnung nicht verdient", meinte das Mädchen.

„Aber ihr wart beide sehr mutig. Das hat mich beeindruckt, denn nicht jeder hätte das getan. Deshalb sollt ihr für euren Mut belohnt werden. Für die Zukunft hoffe ich, dass ihr euch beide vernünftiger verhalten werdet. Es hätte für euch und die Einhornfohlen sehr traurig enden können", merkte das blaue Alicorn an.

Das Mädchen umarmte Mystic Blue herzlich und das Alicorn guckte überrascht.

„Danke, dass du uns die Möglichkeit gibst, etwas mehr Zeit für uns zu haben. Das bedeutet mir sehr viel. Wir werden in Zukunft sicher vernünftiger sein", sagte Lena.

Nachdem das blaue Alicorn weggeflogen war, überlegte Lena, was sie an diesen Tag unternehmen könnten. Plötzlich schaute Ventus sie mit einem Lächeln an. „Jetzt ist wirklich ein guter Moment gekommen, um dir eine besondere Fähigkeit zu zeigen. Nur für dich wollte ich diese Gabe haben und trainierte sehr viel, bis ich sie sehr gut beherrschte. Damit möchte ich dir zeigen, dass mir unsere Freundschaft sehr viel bedeutet."

In diesem Moment leuchtete Ventus' Körper hell in einem gelben Licht. Geblendet musste Lena ihre Augen schließen. Nach einer Weile öffnete sie sie wieder und guckte sehr überrascht, weil sie sich nun an einem anderen Ort befanden. „Was ist passiert? Wo sind wir?", fragte sie erstaunt.

„Das ist schwer zu erklären. Wir befinden uns an einem Ort, wo wir unter uns sind. Wo er sich genau befindet, kann ich dir leider nicht sagen. Hier können wir uns alles Wichtige mitteilen, wenn einer von uns das möchte, und unmögliche Sachen können wahr werden. Es wird niemand erscheinen, der uns dabei stören könnte. Wir können uns richtig entspannen und gemeinsam Dinge tun, die uns beide glücklich machen. Wie lange der Aufenthalt dauert, wenn ich diesen Zauber benutze, kann ich dir nicht sagen. Aber ich spüre ein Zeichen, wenn wir den Ort wieder verlassen müssen. Diese Fähigkeit kann ich nur in wirklich ruhigen Momenten anwenden. Ich hätte sie so gerne früher gehabt", erklärte er ihr mit großer Freude.

Lena fand, dass ihr Freund noch schöner aussah. Sein Fell, seine Mähne und sein Horn glänzten geheimnisvoll gelblich, und er strahlte eine angenehme Wärme aus.

Nun schaute sie sich um. Sie befanden sich auf einer Lichtung, die wie eine Lichtung in Candelia aussah. Lena hatte den Eindruck, dass sie den Ort nicht gewechselt hatten. Es herrschte eine angenehme Ruhe und die Luft hatte einen wunderbaren Geruch.

Lena näherte sich ihrem Freund und streichelte ihn behutsam.

„Wow, dein Fell und deine Mähne fühlen sich noch weicher an. So etwas Tolles habe ich vorher noch nie erlebt. Ich habe das Gefühl, dass ich mich in einem wundervollen Traum befinde", flüsterte sie.

„Das Schöne daran ist, dass alles kein Traum ist. Worauf hast du nun Lust?", raunte Ventus.

„Ich möchte wieder mit dir kuscheln. Das haben wir lange nicht mehr getan. Ich habe das immer geliebt", lächelte sie ihn an.

Ventus setzte sich auf den Boden, der nicht aus Erde, sondern aus etwas Weichem bestand, und Lena legte sich mit ihrem Bauch vorsichtig auf seinen Rücken und umarmte seinen Hals. Nun kuschelte sie herzlich mit ihm und beide genossen es voller Freude. In diesem Augenblick dachte Ventus an ein Gespräch mit Yellow Destiny.

„Deine Einstellung zu deiner Ausbildung beeindruckt mich wirklich. Du bist fleißig und trainierst viel. Aus diesem Grund möchte ich dir eine besondere Fähigkeit schenken, mit dem du für Lena und dich eure persönliche kleine magische Welt erschaffen kannst. Sie ähnelt meinem Reich, was die magischen Dinge betrifft."

„Ich danke dir für dieses tolle Geschenk. Mir fehlen die Worte", strahlte Ventus.

„Das habe ich gerne getan. Dabei wollte ich gesagt haben, dass du viel trainieren musst, wenn du diese Fähigkeit sehr gut beherrschen willst", merkte der Löwe an.

„Das werde ich mit großer Freude tun", sprach Ventus begeistert.

Später verlief der zweite Begleitflug gut für die beiden. Lena und Ventus bekamen von Mystic Blue endlich die Erlaubnis, alleine in der Nacht fliegen zu dürfen. Die beiden freuten sich sehr auf den kommenden Tag. Bevor sie in ihr Haus ging, küsste Lena Ventus' Stirn. „Ich wünsche dir eine gute Nacht", gähnte sie.

„Das wünsche ich dir auch Lena", entgegnete er.

In ihrem Bett konnte sie noch nicht einschlafen. Daher stellte sie sich in Gedanken vor, wie Helen bei dem Treffen reagieren würde. Wegen ihrer Aufregung dauerte es lange, bis sie ihre Augen schloss.

Kapitel 10

Durch die Strahlen des Sonnenaufgangs wurde Lena wach. Sie freute sich schon sehr auf den Abend. Nachdem sie ihr Bett ordentlich gemacht hatte, setzte Lena sich auf einen Sessel. Dabei dachte sie an ihr altes Leben.

Nachdem Helen einen Teil der Tiere ihres Gnadenhofes mit Futter und Wasser versorgt hatte, sah sie Lena auf ihrem Fahrrad kommen. Die ältere Frau winkte ihr zu und musste kurz husten. Bei ihr angekommen schaute das Mädchen sie mit einem Lächeln an. „Hallo Helen. Wie kann ich dir heute helfen?"

„Bislang habe ich leider nicht alle Tiere füttern können. Da brauche ich unbedingt deine Hilfe", sagte Helen mit schwacher Stimme.

Während Lena sich darum kümmerte, saß Helen auf einem Stuhl und machte sich über das Mädchen, ihre Freundin Sarah und ihr Leben Gedanken. Die Frau bewunderte an Lena, dass sie jeden Tag kam. Ihr Gnadenhof befand sich in einer ländlichen Gegend und der Weg zur nächsten Stadt war lang. Sie wusste, dass Lena diesen Platz als Zufluchtsort vor dem Kummer in der Schule betrachtete. Helen hatte von ihren Sorgen erfahren und eine gute Vorstellung, wie Lena sich aufgrund des Mobbings durch ihre Mitschüler fühlen musste. In ihrer Kindheit und auch als Erwachsene hatte sie ebenfalls solche schlimmen Erlebnisse gehabt. Helen hatte großes Mitleid mit ihr.

Sie wollte Lena helfen und hatte mit Sarah darüber gesprochen. Zu ihrem Entsetzen zeigte ihre Freundin kein Verständnis dafür. Es hatte sie wütend gemacht, dass Sarah sich wegen ihres Jobs nicht mit diesem Problem auseinandersetzen wollte. Daher wollte Helen dem Mädchen auf andere Weise helfen.

Jedes Mal, wenn Lena die Schule schwänzte, um auf dem Gnadenhof zu helfen, duldete sie das und sprach sie nicht darauf an. Sie ging auch so weit, das Mädchen bei sich schlafen zu lassen, um Stress mit Sarah zu vermeiden. Infolgedessen erzählte sie ihrer Freundin einige Male Notlügen, wieso das Kind bei ihr übernachten musste. So wollte sie verhindern, dass Lena Ärger mit ihrer Tante bekam.

Helen betrachtete ihre Beziehung zu Lena als Freundschaft, obwohl es eine kleine Distanz zueinander gab. Die Frau bevorzugte wie das Mädchen die Gesellschaft von Tieren.

Nach einer Weile kam Lena zu ihr. „Jetzt sind alle Tiere mit Futter und Wasser versorgt“, setzte sie sie in Kenntnis.

„Ich bin sehr froh, dass du mir bei der Versorgung hilfst. Wegen meiner Gesundheit ist das in letzter Zeit nicht so einfach für mich. Dafür danke ich dir.“ Die Frau schaute sie mit einem schwachen Lächeln an.

„Du brauchst dich nicht dafür bedanken. Das tue ich doch sehr gerne. Mir ist das Wohl der Tiere wichtig. Aber ich finde es nicht gut, dass du vor einiger Zeit nicht die Medikamente für dich gekauft hast, die du eigentlich nehmen solltest“, merkte Lena an.

„Ich weiß, dass das für meine Gesundheit nicht gut gewesen ist. Aber ich wollte nicht, dass die Tiere hungern müssen, weil nicht genug Futter da ist. Das wäre für mich eine Horrorvorstellung. Der Gnadenhof ist auf Spenden angewiesen. Leider kommt es vor, dass das Geld knapp wird. Aber ich bin nicht froh darüber, dass du so viel von deinem Taschengeld geopfert hast, damit ich noch genug Geld für meine Medizin habe“, seufzte Helen.

„Natürlich ist es nicht angenehm, manchmal mit knurrendem Magen schlafen zu gehen. Eine weitere unschöne Sache ist, dass ich für einige Zeit mit alter oder etwas kaputter Kleidung zur Schule gehen musste, weil ich die Neuen wegen des Tierarztes verkauft habe. Viele Mitschüler ärgerten mich deshalb, was sehr schlimm war. Aber für die Tiere war mir dieses Opfer wert“, sagte Lena.

Lena verspürte einen großen Hunger. Nach dem leckeren Frühstück verließ sie das Haus und ging zu Ventus. Sie umarmte ihn und murmelte: „Guten Morgen, Ventus ... Hast du gut geschlafen? Ich konnte wegen meiner Aufregung schwer einschlafen.“

„Hallo Lena. Ich habe einen angenehmen Schlaf gehabt. Deine Aufregung verstehe ich gut. Wollen wir früher mit unseren Aufgaben beginnen wegen heute Abend?“, flüsterte ihr Freund.

„Ja, so hatte ich mir das überlegt. Weiter dachte ich mir, dass wir vor dem Sonnenuntergang losfliegen sollten. Das wäre mir lieber. Dann können wir jetzt den Kontrollflug machen“, sagte sie.

An diesem Tag verging die Zeit wie im Flug. Zur Mittagszeit kehrten sie zurück zu Lenas Heim. Dort aßen beide ihr Mittagessen. Später setzte sich das Mädchen auf die Bank der Veranda und überlegte, was sie Helen sagen wollte. Dabei musste sie oft daran denken, dass sie nicht als Lena erkannt werden würde. Das machte das Treffen leider ein wenig schwierig. Plötzlich tauchte Mystic Blue auf und landete vor ihrem Haus. Das Mädchen guckte erstaunt, ging zu ihr und lächelte sie an.

„Hallo Mystic Blue, was ist denn der Grund deines Erscheinens? Das überrascht mich."

Das blaue Alicorn schaute sie freundlich an. „Gestern hast du zu mir gemeint, dass du dir Sorgen machst, ob du zeitlich die Aufgaben auf Helens Gnadenhof und in Candelia schaffen kannst. Du sollst wissen, dass du dir nicht so viele Gedanken darüber machen musst. Wenn es nötig ist, darfst du bei meinem Unterricht fehlen. Das ist nicht schlimm. Ich erwarte nur, dass du mir Bescheid sagst. Anita und Starfire dürfen dir und Ventus helfen, wenn ihr es möchtet. Ich habe mit beiden gesprochen und sie wären bereit, auch eure Kontrollflüge zu übernehmen, falls ihr es zeitlich nicht schaffen solltet."

Das Mädchen freute sich darüber und umarmte das blaue Alicorn herzlich. „Danke, dass du mir da entgegenkommst. Es bedeutet mir viel. Dieser Ort ist für mich wie ein zweites Zuhause. Ich finde es etwas schade, dass wir Helens Gnadenhof nicht früher besuchen konnten. Auch möchte ich mich bedanken, dass du mir gestern die neue Fähigkeit gegeben hast. Ich hatte wirklich gedacht, dass ich länger warten müsste, bis ich sie bekommen würde", sagte sie zu ihr.

Mystic Blue guckte etwas überrascht. „Ich hoffe, dass dein Besuch heute Abend gut verlaufen wird. Du sollst wissen, dass es ausnahmsweise in Ordnung ist, wenn ihr beide spät zurückkommen solltet."

„Da gibt es eine Sache, die ich dich schon lange fragen wollte. War es Zufall gewesen, dass du ihren Hof entdeckt hast? Hättest du Helen von ihren gesundheitlichen Problemen heilen können?", fragte Lena neugierig.

„Ja, das hatte sich wirklich zufällig ergeben, dass ich diesen Gnadenhof entdeckte. Ich hatte es ihr angeboten. Aber sie wollte es nicht, weil sie der Meinung war, dass ich meine Fähigkeit nicht an sie verschwenden sollte. Die Tiere hatten das in ihren Augen dringender nötig als sie. Dabei erklärte ich ihr, dass es überhaupt kein Nachteil wäre, wenn ich sie heilen würde. Jedoch lehnte sie trotzdem ab und ich akzeptierte ihre Entscheidung.

Ich berührte sie unauffällig, um durch eine magische Fähigkeit ihre Lebensgeschichte zu erfahren. Durch dieses Wissen habe ich eine Vermutung, warum sie sich weigerte, mein Angebot anzunehmen", erklärte Mystic Blue. Lena guckte sehr nachdenklich und überlegte, warum sich Helen so verhalten hatte. „Ich verstehe nicht, warum sie sich nicht von dir heilen lassen wollte. Könntest du mir etwas über ihre Lebensgeschichte erzählen? Was vermutest du?"

Mystic Blue überlegte kurz, bevor sie etwas dazu sagen wollte.

„Als Jugendliche hatte sie viele Tiere geschlagen und getreten. Sie tat es aus Frust über ihre Mitmenschen. Deshalb fügte sie auch Bäumen und Pflanzen Schaden zu. Sie bereut sehr, was sie getan hat. Ich habe den Verdacht, dass da der Grund zu finden ist, warum sie die Heilung ablehnte. Damals hatte ich nicht weiter nachgebohrt, weil ich den Eindruck hatte, dass ich das lieber nicht tun sollte."

Das Mädchen grübelte, was der Grund ihrer Ablehnung sein könnte. Sie hatte eine vage Vorstellung.

„Ich glaube, dass ich den Grund kenne. Aber wenn ich sie treffen sollte, werde ich sie nicht danach fragen. Es ist für sie bestimmt unangenehm, darüber zu reden", stellte sie fest.

In diesem Moment musste Lena weinen, weil das Ganze sie sehr traurig machte. Sie war sich sicher, dass sie Helen nicht dazu bringen konnte, ihre Meinung zu ändern.

„Das tut mir leid, dass ich deine Vorfreude auf euer Wiedersehen kaputt gemacht habe. Das wollte ich nicht", flüsterte Mystic Blue behutsam.

„Diese Angelegenheit hätte ich bestimmt später auch erfahren. Da bin ich mir sicher. Es ist in Ordnung, dass du es mir mitgeteilt hast. Übrigens ändert das nichts daran, dass ich sie treffen möchte. Dürften wir schon vor Sonnenuntergang losfliegen?", schluchzte Lena.

„Ausnahmsweise erlaube ich euch das. Ich hoffe für dich, dass dein Besuch keine Enttäuschung wird. Jetzt muss ich leider wichtige Aufgaben erledigen. Wir sehen uns später", sagte das blaue Alicorn.

Mystic Blue verschwand schnell, bevor Lena etwas zu ihr sagen konnte. Das Mädchen fand sie geheimnisvoll. Sie wusste wenig über das Alicorn, da es kaum etwas von sich erzählte. Auf den ersten Blick war es sympathisch und verständnisvoll. Bei Mystic Blues Äußerung, dass ihre weiße Weste sehr schmutzig sei, hatte Lena geahnt, dass sie eine sehr dunkle Seite hatte. Diese wollte sie nicht unbedingt kennenlernen.

Nach einer Weile kam Ventus zu ihr. Er hatte das Gespräch mitgehört. Ihr Freund sprach behutsam zu ihr. „Es hat mich sehr überrascht, dass Helen so eine düstere Vergangenheit hat. Ich erinnere mich noch gut, wie liebevoll sie mich behandelt hat. Ich habe auch eine Vermutung, wieso sie sich nicht heilen lassen möchte. Wir müssen das wahrscheinlich akzeptieren. Das macht mich traurig."

Das Mädchen fühlte sich etwas besser und sagte zu ihrem Freund: „Mir fällt gerade ein, dass ich deinen Namen in Helens Gegenwart nicht nennen sollte. Sonst könnte es Probleme geben. Vielleicht sollten wir uns Decknamen überlegen. Was hältst du davon?"

„Deinem Vorschlag sollten wir folgen. Ich möchte die Einhornwelt nicht unnötig in Gefahr bringen. Als Decknamen möchte ich für mich Salus nehmen. Das ist mein richtiger Name, den mir meine Mutter gegeben hat", sagte er.

„Ich benutze am besten meinen zweiten Vornamen. Michelle wurde ich schon lange nicht mehr genannt. Wenn du möchtest, werde ich dich ab jetzt nur noch Salus nennen", sagte sie zu ihm.

„Nein, das musst du nicht tun. Es ist in Ordnung, dass du mich Ventus nennst. Mit diesem Namen verbinde ich unsere Freundschaft. Bei Salus muss ich leider an sehr traurige Erlebnisse denken."

Ventus stand kurz davor zu weinen. Lena war davon sehr überrascht und erkannte, dass sie hier vorsichtig sein sollte. „Möchtest du darüber reden? Wenn du das nicht möchtest, ist es auch in Ordnung", raunte sie. „Ich möchte es dir sagen, da ich bislang mit niemandem darüber gesprochen habe. Ich lebte früher mit meiner Mutter und meiner Schwester zusammen. Das war die schönste Zeit in meinem Leben, bevor meine Leidenszeit begann. Eines Tages entschied der Bauer Augustin, dass er meine Mutter und meine Schwester zum Metzger bringen wollte. Beide wehrten sich verzweifelt gegen dieses Vorhaben. Aber er schlug beide brutal mit einem Stock, um sie so leichter in den Anhänger zu bringen. Ihre verängstigten Blicke werde ich niemals vergessen, als er mit ihnen wegfuhr. Das war einer meiner schlimmsten Momente in meinem Leben als Pferd. Ich vermisse die beiden immer noch."

In diesem Augenblick weinte er sehr heftig und Lena näherte sich ihm und streichelte sanft seine Mähne, um ihn zu trösten. Zuerst wusste sie nicht, was sie ihm sagen sollte.

„Jetzt verstehe ich, warum dich der Name Salus traurig macht. Es tut mir so leid, was deiner Mutter und deiner Schwester angetan wurde. Das Leben ist manchmal sehr grausam. Der Bauer Augustin wird jetzt für sein Handeln richtig leiden. Diese Tatsache tröstet dich hoffentlich etwas. Du musst diesen Namen nicht als Decknamen nehmen, wenn es für dich unangenehm ist", flüsterte sie.

„Deine Worte tun mir gut. Ich fühle mich etwas besser. Trotzdem werde ich Salus als Decknamen nehmen, denn so will ich zeigen, dass ich meine Mutter und meine Schwester niemals vergessen werde."

Einige Zeit später flog Ventus mit Lena endlich los. Sie spürte eine große Aufregung, ihre Gefühlswelt spielte verrückt. Ihr Herz klopfte schneller. Sie fragte sich, wie Helen reagieren würde.

„Bist du auch sehr aufregt? Ich bin es", meinte sie zu ihm.

„Zu meinem Erstaunen bin ich nur etwas aufgeregt. Aber das könnte sich noch ändern. Ich schlage vor, dass wir ein paar Meter vor dem Hof landen. Den Rest des Weges werde ich in meiner Pferdegestalt auf dem Boden gehen", antwortete er.

Inzwischen war Ventus als normales Pferd unterwegs, was für beide gewöhnungsbedürftig war. Das letzte Mal hatte er diese Gestalt bei ihrer ersten Begegnung in Candelia gehabt. Der Pfad, auf dem sie sich befanden, war breit. Der Wald roch angenehm. Aber er konnte natürlich nicht mit der Einhornwelt mithalten. Zu ihrem Glück begegneten sie niemandem. Die zwei sahen Vögel, Eichhörnchen, Rehe und andere Waldtiere.

„Wissen die Tiere, was du wirklich bist? Es scheint so zu sein", fragte Lena ihn.

„Das ist schwer zu sagen. Zumindest spüren sie, dass ich kein normales Pferd bin. Es gibt Tiere, die wissen instinktiv, wenn ein Zauberwesen seine wahre Gestalt versteckt", antwortete er.

Lena hatte das Gefühl, sich wieder in ihrem alten Leben zu befinden. Vieles, was sie gerade erblickte, kam ihr bekannt und vertraut vor. Sie erinnerte sich wieder, wie sie mit ihrem Fahrrad zu Helen gefahren war. Als beide endlich ihr Ziel erreicht hatten, begann die Sonne unterzugehen. Plötzlich bemerkten Lena und Ventus, dass etwas nicht stimmte.

„Ich spüre eine Gefahr. Wir müssen vorsichtig sein", raunte Ventus ihr zu.

Das Mädchen musste wieder an die beiden Einhornfohlen denken. Zuerst machte sie sich wegen ihres Freundes Sorgen. Dann musste sie an Helen denken. In ihrem ganzen Körper spürte sie eine große Anspannung. Lena atmete unruhig. Sie rutschte möglichst leise von Ventus' Rücken.

„Wir verstecken uns erst mal bei diesen Bäumen. Dort verwandelst du dich in ein Alicorn. Danach schauen wir uns auf dem Hof um. Eigentlich sollten wir zu unserer Sicherheit zurückfliegen. Aber mein Herz sagt mir, dass wir das nicht tun können. Deshalb müssen wir sehr vorsichtig sein", flüsterte sie ihm zu.

„Das sehe ich auch so. Wir können nicht zurückfliegen", wisperte ihr Freund.

Nachdem sich Ventus verwandelt hatte, merkten sie, dass auf dem ganzen Hof kein Licht war. Plötzlich nahmen beide in der Nähe mehrere männliche Stimmen wahr. Sie klangen bedrohlich. Die zwei hatten eine schlimme Vorahnung, um was für Personen es sich handelte. Lena verspürte eine innere Unruhe und berührte deshalb mit ihrer rechten Hand Ventus' Mähne.

Plötzlich hatte sie eine Vision. Sie sah, dass Helen in ihrem Haus von zwei Männern brutal zusammengeschlagen wurde und schwer verletzt im Flur lag. Lena war davon sehr geschockt und erzählte Ventus, was passiert war. So schnell es ging flogen sie dorthin.

Die Eingangstür war offen und sie fanden Helen bewusstlos vor. Ihre Verletzungen sahen sehr schlimm aus. Lena hätte in diesem Moment fast laut geschrien, aber sie konnte das noch rechtzeitig verhindern.

„Bitte rette sie!", flüsterte sie Ventus verzweifelt zu.

Ihr Freund senkte seinen Kopf und berührte mit seinem leuchtenden Horn zuerst Helens Bauch und dann ihren Kopf. Lena beobachtete, wie jeweils ein roter Lichtstrahl in sie eindrang. Beide warteten, ob seine Magie Wirkung zeigte. Zuerst dachte das Mädchen, dass sie zu spät gekommen wären. Es passierte gar nichts. Lena war den Tränen nahe. Plötzlich murmelte Ventus: „Wir sind noch rechtzeitig gekommen. Sieh, ihre Verletzungen verschwinden!"

An Helens Gesichtsausdruck erkannte auch Lena, dass sie wieder gesund war. Aber sie war immer noch bewusstlos. Lena berührte mit ihrer rechten Hand Helens Kopf und hatte wieder eine Vision. Sie beobachtete, dass auf einer Koppel vier Männer jeweils ein Pferd mit einem Messer grausam verletzten. Es war derselbe Platz, auf dem Ventus vor ein paar Tagen gestorben war. Sie berichtete ihm, was sie gesehen hatte. Das Mädchen verspürte eine riesige Wut und Hass auf diese Männer. Plötzlich bemerkte sie einen alten Golfschläger, der im Flur lag. Sie nahm ihn in die Hand und sprach mit einer entschlossenen Stimme. „Wir müssen sofort dort eingreifen. Blende sie mit deinem Horn. Es kann sein, dass sie andere gefährliche Waffen haben. Sei deshalb bitte sehr vorsichtig."

Nun war es ganz dunkel geworden, aber durch den Mond konnten die zwei trotzdem noch etwas sehen. Ventus flog so schnell es ging zu dieser Koppel.

„Du sollst bitte auch vorsichtig sein! Jeder von uns wird sich um zwei dieser Männer kümmern", sagte er zu ihr. Nachdem das Alicorn gelandet war, rutschte Lena schnell von seinem Rücken herunter. Beide waren sehr wütend und hatten keine Angst. Ventus wieherte laut, um so die Aufmerksamkeit der Gegner auf sich zu lenken. Sie starrten ihn an und in diesem Moment blendete er sie mit seinem Horn. Lena rannte zu den beiden Männern, die Helen zusammengeschlagen hatten. Ihr aggressiver Blick verriet, dass es gleich sehr schmerzvoll werden würde. Sie schlug mit dem Golfschläger in den Unterleib eines der beiden Männer. Dann wollte sie den anderen attackieren, aber unerwartet griff dieser sie mit einem Messer an. Sie war davon sehr überrascht und ließ daher den Golfschläger zu Boden fallen. Gerade noch rechtzeitig konnte sie ausweichen. Sie setzte ihre Telekinese ein, um den Angreifer wegzustoßen. Er fiel mit dem Rücken zu Boden. Durch ihre telekinetische Gabe flog der Golfschläger in ihre rechte Hand. Dann schlug sie mehrmals auf die Männer ein. Das tat sie so lange, bis sie bewusstlos waren.

„Diese Bestrafung habt ihr verdient! Ihr seid Abschaum! Ihr werdet niemandem mehr Schmerzen zufügen!", schrie sie voller Zorn.

Ventus starrte auf die Verletzungen der Pferde. Dieser Anblick löste bei ihm eine entsetzliche Erinnerung aus. Blitzartig musste er an den Augenblick denken, in dem ihn die zwei Jugendlichen erbarmungslos gefoltert hatten. Er erinnerte sich immer noch gut daran, wie furchtbar und unerträglich die Schmerzen gewesen waren. Dann fiel ihm ihr böses Lachen ein. In seinem Inneren stieg eine gigantische Wut empor. Er schnaubte schneller und sein Schweif zuckte heftig. Seine zornigen Augen blickten nun die beiden Männer an. Er verspürte Hass und sprach in einem wütenden Ton zu ihnen: „Ihr werdet keinem Tier mehr Leid antun!"

Am liebsten hätte er sie er mit seiner telekinetischen Fähigkeit gegen einen Baum geschleudert. Oder hätte mit seinen harten Hufen ihre reglosen Körper bearbeitet. Diese Männer standen stellvertretend für all die Pein, für all den Schmerz, den er in seinem Leben erleiden musste.

Doch Ventus konnte sich beherrschen, auch wenn es ihm äußerst schwer fiel. Er wollte nicht auf dieselbe Stufe wie die Tierquäler sinken. Mit Verachtung blickte er auf die beiden herab.

Ohne viel nachzudenken, kümmerte er sich schnell um die vier verletzten Pferde. Er berührte bei allen zuerst ihren Bauch und dann ihren Kopf mit seinem funkelnden Horn. Als er damit fertig war, kam Lena zu ihm. Das Mädchen umarmte ihn. Beide schwiegen für eine Weile und dachten an eine Äußerung von Mystic Blue.

„Aber es gibt Situationen, in denen man Dinge tun muss, von denen man weiß, dass sie schlecht sind. Wenn durch so ein Handeln etwas Schlimmeres verhindert werden kann, ist es noch in Ordnung."

Lena war sich bewusst, dass sie gerade eine Grenze überschritten hatte. Aber sie bereute das gar nicht, weil sie diese Männer selbst bestrafen wollte. Sie war überzeugt, dass diese Leute normalerweise keine harte Strafe bekommen würden.

Überraschend tauchten Savage und Slick auf. Das Mädchen und ihr Freund guckten sie erstaunt an.

„Was macht ihr denn hier? Warum seid ihr aufgetaucht?", fragte Lena beide.

„Wir sahen, was ihr gerade gemacht habt. Deshalb sind wir hier, um uns um diese vier Gestalten zu kümmern. Das tun wir aus Eigeninteresse. Es ist nicht gut, wenn Menschen ein Einhorn gesehen haben. Wir werden später alle anderen Spuren beseitigen, die beweisen, dass diese Männer hier gewesen sind", erklärte Slick.

„Mein Freund wird das Gedächtnis der Männer auslöschen. Ihr müsst das nicht machen", meinte das Mädchen.

„Wir wollen da auf Nummer sicher gehen. Bestimmt kommt es euch entgegen", erklärte die Katze ihr.

Lena grübelte kurz.

„Ihr akzeptiert das mit dem Gleichgewicht zwischen Licht und Dunkelheit als Wahrheit? Was werdet ihr mit diesen Leuten machen?", fragte sie neugierig.

„Das siehst du richtig. Wir akzeptieren das. Ihr braucht nicht zu wissen, was wir mit ihnen machen werden. Ich bin mir sicher, dass ihr es nicht erfahren möchtet", antwortete Slick.

Als die Katze und der Werwolf jeweils zwei Menschen trugen, sagte Lena noch etwas zu ihnen. „Danke, dass ihr euch um dieses Problem kümmert. Wir werden uns bestimmt in Zukunft öfters begegnen. Damals haben wir uns nicht vorgestellt. Das holen wir jetzt nach. Ich bin Michelle und mein Freund heißt Salus."

Lena erklärte ihrem Freund schnell in Gedanken: „Ich sehe die zwei nicht als Feinde an. Aber ich bin lieber etwas übervorsichtig und habe daher unsere Decknamen genommen. Vorsicht ist besser als Nachsicht."

Ventus sagte dazu: „Ich verstehe dich und kann deine Entscheidung nachvollziehen."

Beide lächelten sie an.

„Ich bin Slick und mein Werwolffreund heißt Savage. Du hast sicher recht damit, dass sich unsere Wege häufig kreuzen werden", meinte die Katze. Bevor das Mädchen noch etwas sagen konnte, verschwanden die zwei dunklen Gestalten.

Nach einer Weile bemerkten die zwei, wie sich Helen ihnen näherte. Als sie bei ihnen angekommen war, sprach sie respektvoll zu ihnen: „Ich danke euch, dass ihr mich und die Tiere meines Gnadenhofes gerettet habt. Was habt ihr denn mit den Männern gemacht? Wo sind sie denn?"

Lena überlegte schnell, was sie ihr antworten sollte. „Zwei andere Helfer haben sie weggebracht. Du brauchst dich nicht zu bedanken. Das ist für uns selbstverständlich. Übrigens heiße ich Michelle und das ist mein Freund Salus."

„Ich bin Helen Dessler. Ich finde es unglaublich, dass ich wieder gesund bin. Die Männer haben mich wirklich übel zusammengeschlagen. Ich habe überhaupt keine Verletzungen und Narben an meinem Körper gesehen. War Salus dafür verantwortlich?", fragte sie erstaunt.

In diesem Moment fragte Lena schnell ihren Freund per Telepathie: „Denkst du, dass du sie wirklich ganz geheilt hast? Eigentlich müsstest du das nebenbei auch getan haben, als du dich um ihre Verletzungen gekümmert hast."

„Ja, ich bin der Meinung, dass ich sie ganz geheilt haben müsste. Wir werden sehen, ob sie keine Medikamente mehr nehmen muss. Da bin ich aber optimistisch."

„Ich habe auch ein gutes Gefühl bei der Sache."

„Ja, ich habe dich geheilt. Deine Verletzungen durch diese Männer sahen wirklich schlimm aus. Auch kümmerte ich mich um die verletzen Pferde auf dieser Koppel", antwortete Ventus Helen. Die zwei guckten sie erwartungsvoll an.

„Ich danke dir dafür. Es ist nur schade, dass ihr beide nicht vor ein paar Tagen aufgetaucht seid", sagte die Frau zu ihm.

Lena ahnte, was ihre Äußerung zu bedeuten hatte. „Was möchtest du damit sagen?", fragte sie vorsichtig.

Helen seufzte und überlegte kurz. „Vor ein paar Tagen wurde ein Pferd brutal gefoltert und ist daran gestorben. Leider war niemand hier, als es passierte. Wenn ihr an diesem Tag auch aufgetaucht wäret, wäre Ventus wahrscheinlich nicht gestorben. Das Schlimme an seinem Tod ist, dass ein Mädchen namens Lena darüber sehr traurig war. Sie hat das nicht verkraftet. Beide sind gute Freunde gewesen. Leider ist sie spurlos verschwunden. Ich hätte sie nicht allein in den Wald gehen lassen dürfen. Mein Gefühl sagt mir, dass sie tot ist. Ich bin dafür verantwortlich und mache mir deshalb schwere Vorwürfe", erklärte sie ihnen.

In diesem Moment weinte Helen. Diese Situation fanden Lena und Ventus sehr unangenehm. Das Mädchen konnte ihr nicht die Wahrheit sagen. Sie redete telepathisch mit ihrem Freund.

„Könntest du Helen eine Notlüge erzählen? Ich weiß, dass so was nicht gut ist. Aber sie soll ihren inneren Frieden bekommen. Wir müssen das tun."

„In Ordnung. Ich mache das. Was soll ich ihr sagen?", fragte Ventus sie.

„Das wirst du gleich erfahren", antwortete sie.

„Wie heißt Lena mit Nachnamen?", wollte Lena behutsam von Helen wissen.

Diese trocknete sich die Augen. „Sie heißt Lena Walker. Warum möchtest du das wissen?", murmelte sie.

„Mein Freund Salus kann als Alicorn Verstorbene sehen und mit ihnen sprechen", erklärte das Mädchen.

„Richte dich nach dem, was ich dir gleich mitteile. Dabei soll Helen denken, dass das auch so passiert ist. Aber zuerst denk dir eine schöne Geschichte aus, wie du die Verstorbenen getroffen hast", sagte Lena telepathisch zu Ventus.

Also begann das Einhorn: „Vor ein paar Tagen habe ich ein Mädchen namens Lena Walker und ihr Pferd Ventus auf einer Lichtung getroffen. Als wir uns so unterhielten, fragte ich die zwei, warum sie noch hier in dieser Welt seien und nicht schon längst im Jenseits. Sie erzählten mir, dass sie gern noch jemandem eine Nachricht überbringen möchten. Erst wenn sie das getan hätten, könnten sie ins Jenseits eintreten. Da sie aber bereits verstorben waren, konnten sie mit den Menschen nicht mehr in Kontakt treten. Also suchten sie ein Alicorn, welches diese Nachricht an eine Frau namens Helen Dessler überbringen würde."

„Lena muss auf der anderen Seite keinen Kummer mehr ertragen und ist glücklich, dass sie endlich wieder mit Ventus vereint ist", teilte Lena ihm gedanklich mit.

„Lena ist sehr glücklich, dass sie wieder mit Ventus vereint ist. Dort müssen sie und ihr Freund keinen Kummer mehr ertragen und es geht ihnen sehr gut. Ihr Freund ist wieder jung und kann so mit ihr gemeinsam Dinge unternehmen, die er hier nicht machen konnte."

„Sag ihr, dass sie keine Schuld an Lenas Tod hat und sich keine Vorwürfe machen soll", sagte Lena telepathisch.

„Du sollst dir wegen Lenas Tod keine Vorwürfe machen. Du hast keine Schuld."

„Ich freue mich für die beiden, dass sie nun kein Leid mehr ertragen müssen. Wie und wo ist sie gestorben?", fragte Helen und man konnte sehen, dass sie sehr bewegt war.

„Am besten teilst du ihr mit, dass Lena es dir nicht verraten hat", meinte Lena zu Ventus.

Ventus schaute Helen traurig an. „Das ... hat sie mir leider nicht gesagt. Es tut mir leid."

Die Frau dachte eine Weile darüber nach und seufzte. „Jetzt kann ich wirklich loslassen. Ich habe nun hoffentlich meinen inneren Frieden. Wie kann ich euch meinen Dank zeigen? Das ist mir wichtig. Ihr habt uns gerettet."

Lena musste nicht lange überlegen und lächelte kurz. „Dürfen wir beide auf deinem Gnadenhof helfen und arbeiten? Wir verlangen dafür gar nichts", sagte sie zu ihr.

Helen guckte erstaunt. „Ich bin damit einverstanden. Nur finde ich das etwas merkwürdig", wunderte sie sich.

Die drei unterhielten sich eine Weile darüber, wie das Ganze ablaufen sollte. Auch sprachen sie über andere Dinge. Helen musste sich für die beiden eine Notlüge überlegen, falls sie jemandem etwas über die beiden erzählen sollte.

Nach dem Gespräch verabschiedeten sich Lena und Ventus von Helen und flogen zurück nach Candelia. Während des Fluges schwiegen beide. Das Mädchen grübelte. Sie wusste, dass in Zeitungen häufig über vermisste Kinder berichtet wurde. In den meisten Fällen war etwas Schlimmes passiert. Lena war der Meinung, dass Anita und sie vielleicht nicht die Einzigen waren, bei denen das Verschwinden etwas Gutes hatte.

Nun dachte Lena an Helen und fühlte sich glücklich, weil die ganze Sache so gut geendet hatte. Nachdem Ventus vor ihrem Haus gelandet war, sagte er zu Lena: „Ich begreife langsam, dass mein Tod als Pferd einen Sinn hatte. Die Qualen, die ich erleiden musste, sind nicht umsonst gewesen."

„Wie meinst du das? Das verstehe ich nicht." Sie schaute ihn erstaunt an.

„Wenn ich nicht als Pferd gestorben wäre, hätten wir nicht Leben retten können. Die beiden Einhornfohlen, Helen und die Pferde ihres Gnadenhofes wären sehr wahrscheinlich tot gewesen", erklärte er.

„Das stimmt. So habe ich das gar nicht gesehen. Wenn ich darüber nachdenke, hast du mir auch das Leben gerettet. Durch dich konnte ich einen Neuanfang in Candelia beginnen. Ich denke nicht, dass ich mein altes Leben lange hätte ertragen können. Dafür danke ich dir", sagte sie glücklich zu ihm. Sie rutschte behutsam von seinem Rücken herunter und umarmte ihn herzlich.

„Das habe ich doch gerne getan. Du bist meine beste Freundin. Wir gehören zusammen", sagte er.

„Wir könnten für immer hier zusammenleben. Ich hoffe für uns, dass das Schicksal mitspielt", flüsterte Lena hoffnungsvoll und ließ ihn los.

Ventus musste in diesem Moment an eine bestimmte Äußerung von Yellow Destiny denken.

„Das hoffe ich für uns auch. Ich habe das Gefühl, dass wir für immer in Candelia zusammenleben werden", murmelte er.

„Ich freue mich, dass wir bald auf Helens Gnadenhof helfen und arbeiten dürfen", murmelte Lena. „Aber jetzt fühle ich mich müde. Wir sollten bald schlafen gehen." Schon schloss sie ihre Augen.

www.ingramcontent.com/pod-product-compliance
Lightning Source LLC
LaVergne TN
LVHW040946150826
845672LV00002B/569

* 9 7 8 3 8 6 1 9 6 3 7 6 9 *